小学館文庫

ヒノマルソウル
～舞台裏の英雄たち～

涌井 学
脚本 杉原憲明
鈴木謙一

小学館

Based On A True Story...

長野へ

chapter 1

1

ふもとから見上げるジャンプ台が好きだ。世界がジャンプ台と空だけになるから。

西方仁也《にしかたじんや》はシャンツェ（ジャンプ台）を見上げていた。空まで一直線に伸びたシャンツェの向こうに青すぎる空がある。天気は良い。今日の一本目のジャンプも悪くなかった。冷たい風が頬を打つのに、ずっと押さえつけていた熱い想《おも》いが胸の奥を熱くしている。

「行けるかもしれない」

口の中で呟《つぶや》いた。チロチロ燃えているのは期待の炎だ。

リレハンメルオリンピック、ラージヒル団体。一本目のジャンプを終えて、いま、日本は二位だ。

一位のドイツチームとの得点差はわずか0・8ポイント。手が届くというより、もはや背中に手が触れている。これから始まる二本目のジャンプですべてが決まるのだ。

リフトに乗る。ジャンプ台のスターティングゲートまで上がるためのリフトだ。二本目のジャンプを最初に飛ぶのは西方だ。日本の代表は岡部孝信《おかべたかのぶ》、葛西紀明《かさいのりあき》、原田雅彦《はらだまさひこ》、それに、西方仁也の四人。一本目のジャンプで西方は一一八メートル、岡部は一二四・五メートル、葛西は一二八メートルを飛んだ。原田は一二二メートル。皆調子はいい。目の前に金色のメダルが確かに見えている。

リフトの上で思わず身震いした。絶対に失敗はできない。

突然、背中にバシッと何かが当たった。西方は驚いて「うおっ」と間抜けな声を出す。

振り返ったら、すぐ後のリフトで原田が笑っていた。左手に雪玉を握っている。右手は空っぽだ。どうやらわざわざ雪玉を作って、それを西方の背中に投げてきたらしい。

眉毛の下がったいつもの笑顔で原田が言う。

「ばーか。なにビビってんだよ西方」

西方も笑う。反射的に声が出た。

「何すんだよ原田！　ビビってねーよ！　笑ってんじゃねえ！」

今度は前から別の声が届いた。

「西方さーん」

葛西だ。岡部の声も聞こえる。リフトの上で体をねじってこっちを見ている。「西方さーん。聞こえますう？」

西方は苦笑して答える。遠いし大声を出すしかない。「聞こえてるよ！　何だよお前ら、集中できねーだろ！」

さらに大きな声で言われた。

「忘れてないですねー？　飛距離が一番出なかった人が寿司《すし》ですからねー！」

岡部の声が重なった。「しかも銀座のー！」

笑ってしまう。自然と声が大きくなる。そして余計な力が抜けていく。

「わかってるっつーの！　一番手のおれがめちゃくちゃ飛んで、お前らビビらせてやるからな！　死ぬほど寿司奢《おご》らせてやるからな。覚悟しとけよ！」

原田が笑っている。葛西も岡部も。たぶん西方自身も。

この四人。

この四人なら行ける。

西方はグローブの両手で頬を叩《たた》く。

ジャンプ台のスタートタワーが目の前に迫っていた。

「おっし。行くぞ」

〈現在二位の日本は、首位ドイツにわずか0・8ポイント差に迫り、いよいよ金メダ

ルを射程圏内に捉えています──〉

リフトを降りたらそこは別世界だ。

十歳の時、はじめてジャンプ台に上った。あまりに急な斜面で、ほとんど垂直に感じたのを覚えている。足がすくむって表現があるけど、それを越えて足に根っこが張ったみたいだった。怖すぎて脳みそが凍りついた。え。嘘《うそ》だろ。ここから飛ぶのかよって心の中で一人で何度もくり返していた。たぶん、それまで生きてきて一番の恐怖だったんだと思う。

なのに、その恐怖は飛び立った瞬間に見事に掻《か》き消えた。「怖い」で満たされていたはずの心は、飛んだ瞬間に空への憧れに変わった。飛んでいる間、あと一秒、いやあと0・5秒、0・1秒でもいい、少しでも長く飛んでいたいって願った。

あの感覚──。

それが味わいたくて、おれはこうして飛び続けているのかもしれない。

スターティングバーに手を置いて腰かけた。ゴーグルの位置を調節する。少しだけ向かい風を感じる。

良し。

〈さあ、ここで日本の西方仁也の登場です！〉

大観衆の中で、その瞬間、一人きりになった。

観衆の声やブブゼラの響きはもう聞こえない。白い世界にスロープと空だけを見る。

シグナルが青に変わった。コーチが旗を振る。舞い上がった雪がシャンツェに落ちていく。視界はクリアだ。雪の結晶まで見えそうだ。

「行け」

頭の中の声に合わせてバーから前に出た。シャンツェの高さはビルの三十八階とだいたい同じ。地球が体を引き寄せる。

風が変わった。空気だったはずの風はある瞬間を境に壁のように固くなる。卵みたいに体を丸め、全身の肉という肉をぎゅうぎゅうに圧縮して壁をぶち破る弾になるのだ。重力の上に重力が重なってコンマ単位でスピードが増す。風の音も消えた。時速にして九十キロ前後。五、六秒の滑走の間に位置エネルギーは馬鹿みたいな変換効率で運動エネルギーに変わり、あっという間に地面がなくなる。

目の前は空だ。カンテ（踏切台）を蹴る。

飛ぶ。

この瞬間が好きだ。世界に放り出される感じがする。今の今まで体をぐいぐい引っ張っていた地球が、急に手のひらを返してドンと背中を突いた感じだ。風を受けた体は今度は飛行機になる。空気を波に変えてそれに乗るのだ。浮力を感じる。空気の重さ、密度、固さを皮膚に感じる。鳥みたい？ いやちがう。

風になるのだ。

〈西方、高いジャンプになった！ 行くぞ！ これは行くぞ！〉

空はまるで永遠みたいだ。時間の概念も緊張も興奮もない。ランディングバーンを越え、眼下にロープを隔てて黒山になった観客を見てもそれは続く。白い地面はどんどん迫るのに心の方はどんどんと空に向かっていく。どこまでも飛べそうだ。そう思うのに、世界が帰ってきてしまう。心と体が切り離されそうになった瞬間、腿《もも》にバッンと大きな衝撃が走って着地したことに気づく。地響きのような歓声がそれに遅れてついてくる。

ワッと空気が沸き返った。

〈西方！ 飛んだ！ 飛びました！ K点をゆうゆう越える一三五メートルの大ジャンプだ！〉

音が帰ってくる時、世界も帰ってくる。

〈やりました西方！　大きな仕事をやってのけた！〉

大歓声が西方の耳をつんざく。

〈西方の大ジャンプで、日本、ドイツを逆転し、現時点でトップに立ちました！〉

「追いついた」という実感があった。白い雪の上で、西方はグッと両のこぶしを握りしめる。

――飛べた。

〈西方、やりました！　日本を悲願の金メダルに近づけました！　ついに、ジャンプ団体初の金メダルが見えてきた！〉

ジャンプ台を振り返る。

飛ぶのは四人。これであと三人。

次は岡部の番だ。


第二グループの競技が始まり、選手たちが次々に空を舞っていく。

西方は、ラージヒル下のリフト乗り場近くで各国の選手たちの飛翔を眺めていた。

日本の番がやってきて、岡部がスターティングバーに腰を下ろした。飛び立つまでまばたきができない。

シャンツェを突っ切って、豆粒のような岡部がみるみる近づいてくる。

カンテから飛び出した。

〈高い！ 確かに高い！ これは行くぞ！ 行くぞ！〉

岡部が空を舞い、足を広げてテレマークを決めた。ジャンプで着地する際に、審査対象になる美しい着地姿勢だ。長く飛べば飛ぶほどテレマークを決めるのは難しくなる。それなのにすばらしい着地だ。

会場が沸き返っている。

〈行ったーっ！〉

岡部が両手をグッと固めた。西方のいるリフト脇を通り抜け、ブレーキングトラックを滑って行く。

すれちがう瞬間、目と目が合った。それだけで互いの気持ちが百パーセント伝わった気がする。

〈西方に続き、岡部も見事なジャンプ！ 日本、トップを維持しています！〉

岡部の目が燃えていた。

岡部が西方のもとにやってきた。今度は二人でジャンプ台を振り返る。

次は葛西。

きっと、いける。

〈日本、三番手は葛西！　ここでドイツとの差を広げたい！〉

葛西も続いた。体を丸めて葛西がシャンツェを落ちてくる。

〈いいぞ。スピードは充分だ！〉

葛西が飛び立つ。

〈さあ来い。葛西、足を開いた。高い！　高いぞ！〉

飛んだ瞬間に大ジャンプだとわかった。岡部と同時に「よし」と声を上げてこぶしを握りしめる。

〈行く！　行くぞ葛西！　どこまで行く？〉

まだ飛んでいる。落ちることを忘れたみたいだ。

〈行ったーっ！〉

ワッと歓声が上がった。葛西の着地と同時に互いのこぶしをぶつけ合う。

〈葛西も見事なジャンプだ！　日本、依然トップ！　二位のドイツを大きく引き離しています！〉

三人でジャンプ台を見上げた。いよいよ第四グループ、最終組の競技だ。ドイッチームがジャンプの準備をしている。ドイツのエース、イェンス・バイスフロクだ。ラージヒル個人で金メダルを獲った文句なしの大ジャンパーだ。バイスフロクは一本目で一三一メートルを飛んだ。この二本目のジャンプ、彼がどれだけ飛距離を伸ばしてくるか。

オレンジ色の弾丸になって、バイスフロクがカンテから飛び立った。

〈バイスフロク、飛んだ！ いい形だ！ 伸びる伸びる伸びる！ どこまで行く⁉ すばらしい飛距離だ！〉

ランディングバーンのずっと先に赤く引かれている線、それがK点だ。かつては「これ以上飛ぶと危険」という飛距離の限界点を示していた。現在ではK点はジャンプの大小を表す基準点のような役割だ。K点を越えて大きく飛べば得点が加算され、逆にK点に達しなければポイントは減点される。バイスフロクは余裕でK点を越えていく。

〈バイスフロク、なんと一三五・五メートルの大ジャンプだ！〉

思わず声が漏れた。

「すげえな……。このプレッシャーの中であのジャンプは」

岡部と葛西が無言で肯《うなず》いている。

ブレーキングトラックを滑るバイスフロクから目を離し、西方はジャンプ台に顔を向けた。霞《かす》んで見えるスタート地点に、次に飛ぶ原田が腰を下ろしている。

「でも……、まだだいぶ差があります」

岡部が呟いた。西方は小さく肯く。

スキージャンプは、飛距離と飛ぶ姿の美しさで得点が決まる。だから、二位のドイツチームが飛び終えたこの時点で、金メダルを獲得するのに必要な得点はもうわかっている。日本は現在一位。二位のドイツとの差はまだ大きい。バイスフロクのジャンプは素晴らしかったが、それでも日本の金メダルは揺らがないはずだ。最後の原田が普通に飛べばそれで金メダルだ。観客たちの歓声の大きさが期待の大きさを物語っている。

金メダルを確信しているのだ。

葛西が祈るように言った。

「──頼みますよ。原田さん」

一本目のジャンプで原田は一二二メートルを飛んでいる。そして二本目のジャンプ。原田が一〇五メートル以上を飛べば、日本チームの金メダルが決まる。余裕だ。余裕なはずだ。

岡部が射抜くように原田を見つめている。

「原田さんならきっと……」

一〇五メートルは原田にとって難しい距離じゃない。原田ならきっとやってくれる。大丈夫。

日本チームの最後のジャンパー、原田雅彦がスターティングバーに手を触れた。会場の空気が変わった。

〈日本、アンカーの原田雅彦の登場です！〉

いよいよだ。

〈原田がまず無難に飛んでくれれば――、普通に飛んでさえくれれば金メダル。そういう可能性が濃厚になってきました、日本！〉

ジャンプ台の一番上で、原田が腰の位置を調節している。まるで自分が飛ぶ時みたいにビリビリと気持ちが伝わってきた。西方の心臓も跳ねている。原田が感じているだろう風まで感じる。

オリンピックで金を獲《と》るため、できることは何でもしてきた。練習だって吐くほど続けた。葛西だって岡部だって同じだ。もちろん原田だって、いや、原田こそその想いは強いはずだ。原田は日本のエース、そしてムードメーカーとして期待を一身に背負ってきた。その重さはどのくらいだ？　「金メダル、期待しています」って何度言われた？　いったい何人の夢と希望が、お前のその肩に託された？

いつも笑顔のはずの原田が表情を固めていた。凍りついたみたいな顔をしている。

西方は思う。

——原田、おれはお前を信じるぞ。

〈原田、金メダルに向かって——〉

原田のゴーグルが遠くで光った。スターティングバーから前に出る。

歓声が一段と増した。まるで爆発のようだ。

〈スタートしました！　ジャンプで金を獲れば、札幌《さっぽろ》大会から実に二十二年ぶりの快挙です！〉

シャンツェを丸くなった原田が落ちてくる。体を卵みたいに丸めて、極限まで空気抵抗を減らして最大の速度をつくろうとしている。

オレンジ色のウェアがぐんぐんと近づいてくる。

〈風はいいぞ！　原田、どうだ⁉〉

原田がカンテを蹴った。飛び立つ。

西方のところまで、風が吹いてきた気がした。原田は飛んでいる。冷たい空気を切り裂いて、頬の肉を震わせながら飛んでいる。Vの字に開いたスキーの先端が一瞬だけブレた気がした。その瞬間に西方は「あっ」と思う。

隣で岡部が短く「原田さん……！」と叫んだ。

〈原田、どうか⁉〉

葛西が「ああ」と呟いた。西方は空中の原田を目で追う。失速していた。高さが足りない。風に乗らない。原田のスキーがいまにも地面につきそうだ。

〈あーっと、原田低い！　これは……〉

K点はまだ先だ。踏みとどまれ。とどまってくれ原田。

音が聞こえた。風を切る音じゃなく、雪を掻く音だ。原田が着地する音だ。目の中に、K点のはるか手前を滑る原田がいた。まるで足りない。たった一〇五メートルだ。あいつにとっては何でもない距離のはずなのに、その原田が一〇〇メートルも飛べずに地に足をついている。あの原田が。

〈落ちた！　原田、途中で落ちてしまった！　失敗ジャンプです！　失敗ジャンプになってしまった！〉

観客たちの悲鳴が聞こえた。原田がブレーキングトラックを滑っていく。滑りながらだんだん腰を落とし、そのまま両手で顔を覆った。無音だった。原田のスキーが止まる。完全にしゃがみ込んだ。鬼ごっこで百数える子どもみたいな姿勢になって動こうとしない。

会場のアナウンスが黙り込んでいた。何を言えばいいのかわからなかったのだろう。

奇妙な静寂の中、葛西の声がした。

「うそだろ……」

岡部が口をパクパクさせている。「え……。マジで……？」

西方も呆然《ぼうぜん》としていた。理解が追いつかない。

会場アナウンスでようやく現実が理解できた。

〈原田――、九七メーター五〇。失敗ジャンプです……。何ということだ……。日本、二位です。金メダルを逃しました〉

ワッと歓声が聞こえた。ドイツチームの選手たちが沸き返る音だ。西方たちのすぐ後ろで、互いに抱き合って喜んでいる。

誰もいないブレーキングトラックに、原田一人だけが取り残されていた。電光掲示板にジャンプの結果が表示される。原田の飛距離と一緒に、「日本　二位」の文字も見えた。日本からの応援団が戸惑っていた。金メダルを祝うために振り上げていた腕をどうしていいのかわからないのだ。

間の抜けたタイミングで誰かのブブゼラが一つ鳴った。

その音でようやく正気を取り戻した。隣にいる岡部と葛西に声をかける。

「行くぞ」

岡部と葛西の背中を叩いた。チーム。おれたちはチームだ。

呆《ほう》けた目を西方に向けて、二人が無言でついてきた。雪を踏んで原田に近づく。

白い雪の平原に、原田は岩みたいに固まっていた。

葛西が原田の背中に手を置いた。

「し……、しょうがないですよ。原田さん……」

声が掠《かす》れていた。続けて岡部が原田の背中に覆い被《かぶ》さる。雪が舞う。

「ほ……、ほら！　銀メダル！　銀メダル獲ったんですよ！　すごいことなんですから！　だから、お願いですから、顔上げてください原田さん」

原田の顔がゆっくりと上がった。もともと締まりのない顔をますます崩して、泣いてるんだか笑ってるんだかわからない顔をしていた。なぜか喉がグッと鳴った。こいつのこんな顔、見るのははじめてかもしれない。

目の下にキラキラ何かが光っていた。氷の粒だ。

「ごめーん」

そしてそう言った。西方は思わず笑ってしまう。何だその顔。どんな表情だ。

葛西が吹き出した。

「わは。原田さん、なんすかその顔！」

岡部も笑っていた。原田と同じように目尻が光っている。

「もう！　なんすかそれ！　泣くか笑うかどっちかにしてくださいよ！」

原田が答えた。情けない顔のままだ。鼻を啜《すす》って声を濁らせて言う。

「もともとこういう顔なんだよー。これでもめちゃくちゃ落ち込んでるんだよぉ」

そんなの知ってる。原田がどんな想いで飛んでいるか、そんなのおれたちは痛いほどわかってる。同じ気持ちなんだ。仲間なんだ。おれたちは。

原田に右手を差し出した。原田が情けない顔を西方に向ける。

「西方……」

原田の手が西方の右手を摑《つか》んだ。西方に体を預けてようやく立ち上がる。

原田の背中をポンと叩いた。

「なーにやってんだよ、ばーか」

言葉なんかそれだけでいい。

おれたち四人は、チームなんだ。

＊

連続して焚《た》かれるフラッシュに目を細めた。記者会見場は狭くて、詰めかけた記者たちの熱気で暑苦しいくらいだ。真正面からフラッシュを浴び続けて目がチカチカする。

記者たちが右手を軽く上げて、指名を待たずに矢継ぎ早に質問を投げつけてくる。前に出ているのは荻原健司《おぎわらけんじ》ら、ノルディック複合の選手たちだ。

荻原がにこやかに答えている。

「こうして金メダルが獲れたのも、皆さんの熱い応援あってのものだと思っています」

誇らしげに笑っている。あたりまえだ。一番を獲ったのだ。人生で最も誇らしい瞬間のはずだ。

西方は自分の胸元にちらりと目をやった。西方の胸にもメダルが下がっている。だがそれは銀色。二番のメダルだ。

西方の隣には、ともに団体戦を戦った岡部、葛西、原田がいた。原田が荻原を見て眩《まぶ》しそうに目を細めている。

記者の一人が急に声のトーンを落とした。西方たち四人に顔を向ける。

〈引き続き、ラージヒル団体の皆さんに質問があります〉

原田がピクリと肩を震わせた。西方にはそれがわかる。

〈スキージャンプの原田雅彦選手にお伺いしたいと思います〉

記者がじっと原田を見ている。さっきまで荻原に向けていた視線とはあきらかにちがう。

はっきりと言った。

〈──あと一歩のところで金メダルを逃してしまったわけですが、今の心境をお聞かせください〉

原田がまた肩をピクリと震わせた。西方は気づかれない程度に唇を嚙《か》む。葛西と岡部も身を固くしていた。記者がレコーダーを前に突き出して、原田が何と答えるのか、口を開くのを待っている。

原田の唇がゆっくりとはがれた。

「いやあ……。悔しいの、ひと言ですねぇ……」

そしてそう言った。そりゃそうだ。悔しい以外の何がある。あの瞬間、目撃していた全員、いや、日本中が落胆した。「金」が獲れると確信していたから、銀色のメダルは色褪《いろあ》せた。そして、その「金」が手のひらから滑り落ちた瞬間、原田は大罪人になった。銀メダルを獲ったたっていうのに、ジャンプでは十四年ぶりのメダルだったたっていうのにだ。日本チームのエースとして重圧に耐え続け、結果「銀」を獲ったのに、こうして言下に責められている。「なぜ金メダルじゃないんですか」と。

〈原田選手が失敗しなければ、日本は金メダルでした〉

原田がいつもの情けない顔のまま、口元をきゅっと持ち上げた。何度か口をパクパクさせて、小石でも吐き出すみたいにして言葉をしぼり出す。

「いやあ……。ぼくのせいで日本の皆さんをがっかりさせてしまって……。本当に申し訳ないですねぇ」

西方は会見席の下で両手をぎゅっと握りしめていた。なぜ謝らなきゃならない。原田は立派だ。あのプレッシャーの中、立派に飛んでみせたんだ。一度目のジャンプはK点を越える一二二メートルの大ジャンプだった。だから銀が獲れたんだ。

記者が原田を責め続ける。

〈着地の瞬間はどういったお気持ちで?〉

もういいだろ。やめてくれ。原田に何を言わせたいんだ。

「うーん。とにかく、『しまったぁ』という感じで……」

ノルディック複合の選手たちがフラッシュを浴びている。その後ろに西方たちジャンプ選手四名は隠れるように立っていた。笑顔で手を振る。荻原の頭の向こうに、巨大な魚の目玉みたいに見える真っ黒いカメラのレンズが無数に並んでいる。

「やっちまったよなぁ……、おれ」

西方の隣で原田がうつむいていた。西方は笑顔のままだ。写真撮影は続いている。

「もういいから。マスコミの言うことなんか気にするな」

「西方ぁ」

「なんだよ。写真撮影中だぞ。そんな顔すんな」

「お前はどうなんだ」

「え？」

「お前は……、お前だって、怒ってるだろ。おれのこと」

答えられない。

原田の喉がグッと鳴った。鼻を啜る。

「結局……、銀じゃだめなんだ。金じゃなきゃだめなんだよ、オリンピックって場所は」

「原田……」

「ごめんな。おれのせいで……。おれのせいで、お前たちの金メダルが……」

原田が「アフッ」と妙な声を出した。葛西と岡部が驚いて原田を向く。西方も笑顔を崩して原田を見た。原田の背中が激しく上下している。頬がブルブル震えている。泣いている。

慌てて肘で原田をついた。

「バカ……！　泣くなよ」

「だってさ……。おれのせいで」

「もういいって言ってるだろ。それ以上言うな」

「…………」

「おれは……、お前がいなきゃ銀メダルも獲れなかったって思ってる。本当だ」

背中を丸めた原田が西方を見上げていた。西方はカメラを向いたまま、原田にだけ聞こえるように言う。これも本気だ。

「でも、次は金だ。四年後の長野。長野は絶対、おれたちで金メダル獲るぞ」

原田が泣き顔のまま、コクコクと肯いた。洟《はな》がいまにも垂れそうだ。
小さく背中をパンと叩いた。
「その前にまずは銀座だな。銀座の寿司、死ぬほど奢ってもらうからな。原田」
その時はまだ、オリンピックは終わっていないと思っていた。
二十五歳だった。きっとチャンスはもう一度やってくる。
四年後の長野オリンピック。
それが、ジャンパー・西方仁也が「金」を獲る、ラストチャンスだと信じていた。

2

民宿「愛徳」は、このあたりに暮らす人が全員集まったんじゃないかってくらいに賑《にぎ》わっていた。西方幸枝《ゆきえ》は長テーブルに料理を並べていく。里芋や鶏肉《とり》を煮込んだ具だくさんの大平《おおびら》に金目鯛《きんめだい》の煮つけ。五平餅やおやきもある。大皿がいくつも並ぶ。大きすぎて一つずつしか運べないから、身重の体には実はちょっとだけキツい。大広間のすみっこで、義父の西方弘《ひろし》が背中を丸めて何かしていた。ご近所さんがお義父《とう》さんのまわりを取り囲んで、「だから言ったろうに」とか「慌てなさんな」とか言っている。

金目鯛の煮つけをテーブルに置いて、幸枝はひょいと首を伸ばしてお義父さんの手元を覗《のぞ》いてみた。そこに手書きの「銀」という文字が見える。

お義父さんが「あー」「うー」と言いながら、「金」の文字の上に「銀」の文字を重ねている。

「これ、仁也、気づかないでくれるかなぁ」

顔の前に持ち上げて眺めている。「祝　金メダル　西方仁也」と書かれた立て看板だ。

「金」のところに白い紙に書かれた手書きの「銀」が張り付けられている。

「うん、まあ……、しかたなかろ」

「まあ……、ねえ……。……うん」

ご近所さんたちも困っているようだ。肯定も否定もしないで唸《うな》っている。

幸枝は心の中で苦笑いしてしまう。だから言ったのに。

今日、リレハンメルオリンピックを終えて、仁也くんがここに帰ってくる。民宿「愛徳」は西方仁也の生家だ。仁也の妻の幸枝もいっしょにここで暮らしている。仁也が帰ってくるからお祝いしなきゃとお義父さんが言って、近所の人をみんな集めて祝賀会を開くことになった。お義父さんは息子のオリンピック出場にちょっとばかり舞い上がってしまって、まだ大会期間中で結果がわからないっていうのに、先走って祝賀会の看板を作ってしまった。

何日か前に、お義母《かあ》さんのタカヨさんとお義父さんが膝を突き合わせて話していたのを覚えている。

「祝賀会の名前は何にします？」

「おつかれさん会かな？」

「お父さん、それじゃ定年退職みたいでしょう」

「じゃあ野沢温泉村の期待の星か？」

「仁也が帰ってくるのは大会の終わった後でしょう」

「じゃああれだな。『祝　金メダル　西方仁也』だな。決まりだな」

その時幸枝は二人にお茶をいれながら言ったのだ。

「いえいえ。まだ金メダルが決まったわけじゃないですから」

お義父さんは笑っていた。

「いやもう決まったようなもんだろ。意気込みだよ意気込み」

そのせいだ。

　あからさまに「金」が「銀」に訂正された看板を持ったまま、お義父さんが幸枝に言った。

「幸枝ちゃん。仁也、会見が終わったらすぐにここに帰ってくるんだろ？」

「ええまあ。そう言ってましたけど」

「じゃあもうすぐ帰ってくるかな。しかしなぁ……。やっぱりなぁ……」

　言いながらグラスに焼酎をついでお湯で割っていく。それを口に含んで「ああ……」と意味の不明な息を吐いた。

「お義父さん、仁也くんがまだ帰ってないのにもう飲んじゃってるんですか？」

　グラスを直接床に置いてお義父さんが答えた。顔をくしゃくしゃにしている。

「飲まないとやってらんないんだよ。もうちょっとで金だったんだから。幸枝ちゃんだって悔しいだろ？」

　幸枝はちょっとだけ天井を見る。さらりと言った。

「まあ悔しいですけど、それほどでも」

「何で？」

「ほらわたし、あんまりジャンプに興味ないですし。それに、銀だってすごいじゃないですか。二番ですよ二番。世界で」

「そりゃまあな。だけどなぁ、やっぱり金なんだよ」

ご近所さんが強く肯いている。「銀と金はやっぱりちがうから」

幸枝は苦笑する。タカヨお義母さんが近づいてきた。

「お父さん、仁也の前でそんな話、口が裂けてもしちゃいけんよ」

お義父さんが唸っている。「そりゃそうだ。みんなも気をつけてくれ。仁也の前で金メダルの話は絶対にするな。金が付くものも全部禁止だ」

テーブルに金目鯛の煮つけが並んでいる。お義父さんが煮つけに目をやって、それから無言で鼻を鳴らした。もう一度言う。

「とにかく、今日は金メダルの話は禁物だ！　四年後！　四年後、地元長野で今度こそ金メダル獲って、部屋中『金』の付くものばっかりにして盛大に祝おう！」

焼酎のグラスを高く掲げた。大きな声で言う。

「いいなみんな！」

「おーう」

ご近所さんたちが盛り上がっている。いつの間にかお義父さんと同じように飲み始めている人もいる。よく見るとテーブルの上の皿もいくつか空になっていた。なし崩しに本人不在の祝賀会が始まっちゃった感じだ。

「あはは……。お料理追加しなきゃ」

立ち上がって台所に向かおうとしたら、幸枝の肩をお義母さんがそっと摑んだ。

「幸枝ちゃんはもうええから。その辺で休んでて」

お義母さんの目が幸枝の膨らみ始めた腹に向いていた。幸枝は微笑《ほほえ》んで答える。

「大丈夫ですよ。今日くらい働けます」

「ううん。そうではなくて、私が幸枝ちゃんに休んでもらいたいの」

やんわりと肩を押されて座らされた。隣のテーブルからお義父さんの笑い声が聞こえてくる。「四年後に金を獲りゃ、この部屋に金と銀のメダルが並ぶわけだからな！逆にめでたいな！」

ハラハラと雪が舞っている。

お義母さんが窓を向いて言った。

「それにしても……、仁也、遅いねぇ」

幸枝も窓の向こうに目をやった。そうしたら、黒い窓のはしっこに何かが揺れているのを見つけた。

目を凝らす。青いカバーに包まれた細長い棒だ。それが心許《こころもと》なげに左右に揺れてからヒョッと隠れた。青いウェアの肩もちらりと見えた。一瞬だけ窓に顔を出して、様子をうかがってまた引っ込む。

幸枝はそれを見て笑ってしまう。

すごくあの人らしい。

仁也くんが帰ってきたんだ。


仁也は窓の外の雪の上にしゃがみこんでいた。舞い落ちる雪が仁也の頬に当たってぱっととける。黒いニット帽にうっすら雪が積もっていた。

ワンピースの上に半纏《はんてん》を着こんで、幸枝は仁也の前に立った。仁也がぼーっとした目を幸枝に向ける。

「あのさぁ……。がっかりしてる？　やっぱり」

幸枝はきょとんとして言う。

「誰が？」

「みんな」

「してる。もうめっちゃがっかりしてる」

「だよなぁ……」

「お義父さん、仁也くんの前で金メダルの話は絶対にするなって」

「ああ……。うん」

「しかもさ、フライングで『祝　金メダル』の看板作っちゃってるから。みんなで『銀』に直してたみたいだけど」

「ああ……。そう……」

「気づかないふりしてあげて」

「うん……」

半纏の中から右手を出した。仁也の裸の右手が伸びてきて幸枝の手を掴む。ひどく冷たくて固い。けどすごく大きい。幸枝は左手を添えて仁也の手を両手で包んだ。顔を見る。

「おかえり」

「ただいま」

仁也が腰を上げた。中腰のまま幸枝の膨らんだ腹を見ている。

薄く笑った。

「あと五か月かぁ」

「うん」

いっしょに歩き出した。窓の向こうからみんなの笑い声が聞こえてくる。

仁也がボソリと言った。

「あのさ……。お前は？」

幸枝は答えた。前を見たまま。「してない。ジャンプとか興味ないし」

仁也が笑った。

「ああそう。そうだよな。お前はジャンプ、嫌いだもんな」

「別に嫌いじゃないよ。興味ないだけ」

「はは……。じゃあなんでジャンプ選手なんかと結婚したんだよ」

笑っただけで答えなかった。仁也くんだからだよ。

「仁也くんはしてるの？　がっかり」

仁也の足が止まった。笑顔のまま唇が震えていく。急に下を向いた。

呟いていた。

「あと少しだったんだよなぁ……。あと少しで、おれたち……。この子にだって」

肩に手を置いた。ポンポン叩く。

「うん」

「あと、ほんの少しだった……」

「うん。おつかれさま。銀メダル、おめでとう」

仁也が泣き笑いの顔になった。子どもみたいにぐしゃぐしゃの顔で言う。

「おれ……、長野はぜったい、金、獲るから……」

「うん」

約束なんかしなくていい。

いてくれるだけでいい。

＊

「愛徳」の台所には大き目のテーブルがある。宿泊客用の料理を配膳するためと、家族がごはんを食べるためだ。

チェック柄のビニール製のテーブルかけの上に幸枝は味噌汁《みそしる》の椀《わん》を置いた。置いたそばから仁也の手が伸びてきて、「いただきます」と同時に味噌汁を勢いよく啜る。

「あつっ。あっつ」

笑ってしまう。仁也は温かい味噌汁を好む。

味噌汁椀を置いてから、今度は生卵を割ってごはんの上に載せた。醬油《しょうゆ》を垂らしてかき混ぜながら、仁也が何気なく言う。

「アンダーシャツさぁ……。もう一枚用意してくれないかな」

幸枝は流し場に立ったまま答えた。

「あれ？　もうだめになっちゃった？」

仁也が卵かけごはんを掻き込んでいる。

「いや。明日からの練習に備えてもう一枚用意しときたいんだよ」

びっくりした。

「え？　明日からもう練習なの？　早くない？」

「うん。昨日さ、神崎《かんざき》コーチから連絡があった」

「うそー。あまりにも早すぎない？　リレハンメル終わって帰ってきたばっかりでしょ」

「まあな。でもほら、四年後。今度こそ金メダル獲るためだから」

「えー」

ちょっとだけふくれた。いっしょに居られる時間がほとんどない。夫婦としてこれってちょっとどうなんだろうと思ってしまう。

「納得いかないなぁ……。まあでもしかたない。じゃあ一日ちょうだい。今日の夜、名前、縫い付けておくから」

「ああ。すまないな。ありがとう」

仁也の持ち物には「J.NISHIKATA」のネームを刺繍《ししゅう》することになっている。頼まれたわけじゃない。幸枝のこだわりだ。

ちょっとだけ仁也を睨《にら》みつけて幸枝は言った。

「あのさ。まさか仁也くん、自分から『早く練習再開したい』とか言ったんじゃないでしょうね」

「え。うん。ああ。言ってない言ってない」

勢いよく残りのごはんを掻き込んだ。もぐもぐしたまま適当に答える。

「でもほら、四年後のオリンピックは長野だから。近いし。ここから通いながら練習できるしさ」

「あー。うん。それはまあ……」

「だろ？ いいことなんだよ。練習再開するのは」

幸枝は首を傾《かし》げる。

「いいこと？ いいことなのかなぁ……？」

3

日増しに暖かくなってくる。民宿「愛徳」の居間で、仁也の肩に湿布を張りながら幸枝は言った。不思議でしかたない。

「ねえ、仁也くんはジャンプの選手なのに、なんで肩とか痛めてるわけ?」

張られた湿布に手を置きながら、仁也が呆《あき》れたように軽く言った。

「気合い入れてバーベル上げ過ぎたんだよ」

「うん。だから何でバーベル? 空飛ぶのにバーベルって意味あるの?」

「バーベルは全身運動なんだよ。背筋とか尻とか足の筋肉も鍛えられるの。ほんとスポーツに興味ないよな、お前」

「へー」

限りなくどうでもいい感じに呟いた。背中の肉にぺちぺち触れてみる。まあ確かに、シーズンの終わりが近いこの時期に、ここまでみっちりと基礎トレーニングする仁也くんなんて見たことないかもしれない。言うだけあっていつもより肉が詰まっている感じだ。幸枝は言葉に出さずにそう思う。

裸の背中をパシリと叩いてやった。「よしおしまい。服着て」

仁也がもそもそトレーナーを着こんでいる。薬箱に湿布をしまっていたら、テーブルの上のスポーツ新聞に目が行った。「船木《ふなき》」の赤文字が大きく印刷されている。

いつの間にか仁也が同じ文字を見ていた。

「『新星・船木和喜《かずよし》 W杯初出場初優勝！』――。だってさ」

仁也は笑っていなかった。

「うん。すげえな」

「しかもまだ十九歳だって」

「うん。ありえねえな」

幸枝は先に笑う。ジャンプに関しては、この人は本当に真面目だ。堅物って言ってもいいくらい。だから先にわたしが、ジャンプ以外の話にしてあげなきゃこの人は笑えない。

だから言う。

「ホントありえない。眉毛細すぎ」

仁也くんが笑ってくれた。

「はは。そこかよ」

＊

五月。だんだん暑くなってきた。スキージャンプのシーズンオフは、地道な基礎体力作りの毎日だ。

玄関の引き戸がガラガラと開いた。幸枝は言う。

「お。おかえりー」

「た……、ただいま」

這《は》いずるみたいにして仁也がリビングに入ってきた。実際に青色のボストンバッグが床を擦《こす》っている。

お腹《なか》が大きくなりすぎて、さすがに立ち上がるのが億劫《おっくう》になってきた。畳みかけの洗濯物から手を離して、幸枝は体をねじって仁也を迎えた。仁也が幸枝のお腹に向かってもう一度「ただいま」と言う。幸枝は「ふふ」と軽く笑う。

「どうしたの？　えらくへばってるみたい」

仁也が畳の上にうつぶせに転がった。頬を畳に擦りながらボソボソ言う。

「神崎コーチにめちゃくちゃしごかれた……」

「はは。いつものことじゃん。ごはん食べる？」

「食べる。いや今日は特にひどかったんだよ。フィジカルだけじゃなくメンタルまで攻撃された……。夕飯なに？」

「鶏肉入りのカレー」

仁也がやっと体を起こした。心なしか頬がこけている。「やった」

幸枝は膝をついて立ち上がった。台所に向かいながら言う。

「神崎コーチに何か言われたの？」

「あー。うん。十年以上昔の傷を引っ掻き回された」

台所から声だけで会話する。

「なんてー？」

仁也が声のトーンを落とした。神崎コーチの声真似《まね》をしている。

「原田と西方ぁ！　お前ら二人は何なんだ仲良く同時にへばりやがって！　そんなんでよく金メダルとか言ってられんなコラ。ほらもっと腿上げろ！　勝手に休むな！　おれの許可なくギブアップはさせねえっていつも言ってんだろ！」

笑ってしまう。「ギブアップ、許可制なんだ」

仁也がまだ続けている。

「おお？　二人ともなんだその目。神崎死ね、頼むから死んでくれって毎晩星に願ってそうなその目！　お前ら変わんねえよなぁ。ジュニアの頃から仲良く二人でその目でおれのこと睨んでたもんなぁ」

「あはは。そうだったんだ」

「まーな。原田とおれは同い年で同期だから。あの頃もよく神崎コーチにしごかれまくって道端にゲロ吐いたりしてたんだよ。おれと原田二人で」

「はは。そんな想い出懐かしまないでよ」

「神崎コーチはさぁ、自分で言うんだよ。『おれはオリンピック出たことないし、メダルなんか無縁の選手だったからお前たちを目の敵にしてんだ』って。自分で言うかふつう」

「あはは。仁也くん、バター入れる？」

「入れて。ああもう。十年越しの原田との約束、再確認しちまったよ」

「どんな？」

「絶対に金メダル獲って、二人で神崎を殴る」

「すごいネガティブなポジティブ。さ、できたよ」

テーブルに温め直したカレーを運ぶ。仁也が両手を擦りあわせている。

スプーンを手に取って、無言で飲みこむように食べはじめた。幸枝はテーブルに両肘をついて、食べる仁也を眺める。

こんな何でもない時間が好きだ。

「『金メダリスト二人、コーチを殴る』とかで新聞に出ないでよ」

＊

夏が来たら、新しい家族が増えた。

西方は病院に向かって走っていた。グラウンドで緩急を織り交ぜたランニングを終えて、トラックに仰向《あおむ》けに転がってゼエゼエ言っている時にスタッフから連絡が入った。

「生まれたそうですよ。西方さん」って。

息が切れたまま飛び起きて、ますます息を切らして走りまくった。トレーニングウェアのままだ。汗だくだ。泥もついてる。髪も乱れまくってる。でもそんなのどうでもいい。

いますぐ会いたい。一秒でも早く。

看護師さんに「お父さん。ちょっと落ち着いて」と言われて、タオルでとりあえず滴り続ける汗だけ拭った。言われるままに手を洗って、そのついでに鏡を見たら、顔を火照らせた挙動不審の男がこっちを見ていた。パシパシ自分の頬に触れてみる。さっき看護師さんに「お父さん」って言われたのに気がついた。

病室のドアを勢いよく開けたら、ベッドに幸枝がいた。ベッドを傾けて上半身を起こしている。

なんだか空気が湿っていた。汗が止まらない。

立ち尽くす西方を見て、幸枝が言った。真っ赤な顔をしている。

「練習中だったんでしょ？　大丈夫だったの？」

駆け寄った。

「お前こそ大丈夫だったか？」

「大丈夫。てか、きつかったぁー」

「はは。ありがとうな。ほんとにありがとう」

「へへへ。仁也くん、すごい汗」

「お前だって」

「へへへ」

二人同時に汗みずくの顔で笑って、それから生まれたての赤ん坊に目を向けた。

真っ赤な顔。くしゃくしゃの変な顔。

世界一かわいい。

西方は言った。男の子だったら——って、結構前から決めていた。

「会いたかったぞお。はは。緊張するな」

変な笑顔になってしまう。やっと言える。

「パパだよ。慎護《しんご》」

部屋にトロフィーが二つ増えた。スポーツ新聞の中で西方が誇らしげに笑っている。

——西方仁也 全日本選手権ノーマルヒル・ラージヒルダブル優勝 長野五輪への期待高まる！

＊

「なあ。三歳の時の記憶ってあるのかな」

胸に抱いた慎護を、仁也がとけそうな顔で眺めている。目の中に入れても痛くないって言うけれど、率先して入れたがってるレベルで顔を近づけている。

幸枝は質問の意図がわからなくて「ん？」とだけ答えた。仁也は慎護を見つめたまま
まだ。

「ほら。長野オリンピックの時、慎護ももう三歳だからさ」

「あー」

「おれさあ、幼稚園の頃に親父《おやじ》に近所の川に連れて行ってもらったらしいんだけど、
そのこと覚えてないんだよな。だけど、なんかキラキラしてた川面《かわも》の映像だけ記憶に
あるんだよ」

「ああ。そういうのあるかもね。景色の断片とか色だけ覚えてるみたいなの」

「なー。不思議だよな」

「じゃー、慎護もメダルの色くらいは覚えてるかもね」

仁也がとろとろの顔のまま慎護を揺すった。

「だよなぁ。パパが、慎護に金色の想い出を作ってあげまちゅよー」

三年が経《た》ち、リレハンメルの記憶は薄れ、長野の話がよく話題に上るようになって
きた。

家に帰ってからもダンベルを握る仁也を見て幸枝は不安になる。

長野オリンピックに向けて、日本のスキージャンプの選手層はかつてないほどに厚くなっていた。各国の選手団より日本は頭一つ分抜けていると評判なくらいだ。

仁也も毎日、壊れちゃうんじゃないかと心配になるくらいに練習を続けている。それを言うと、仁也は「他のやつらも、おれと同じかそれ以上に練習してんだよ」と答える。

「ありがとう。心配すんな」

「あのさ……。わたしは金とかどうでもいいんだからね。もし、リレハンメルのことみんなに申し訳なく思ってるんだとしたら、それ、的外れだからね」

「うん。わかってる」

「お義父さんやお義母さんの金メダルへの期待だって、『仁也くんが健康なら』って言葉が頭に付くんだからね。わかってるよね」

「うん。わかってる」

時折不安になる。長野オリンピックを半年後に控えて、仁也は二十八歳。まだ引退は考えないにしても、競技者として若くはない。傷の治りが遅くなった気がするってこないだぼやいていた。

必死に練習を続ける仁也くんを見ていると、時々言いたくなってしまう。スキージャンプの選手である前に、わたしと慎護にとってあなたはお父さんなんだよって。代わりの誰かなんていないんだよって。

新聞が連日伝えている。

――スキージャンプ　長野五輪に向け、熾烈《しれつ》な代表争い続く。

4

長野オリンピックまで残すところ一八一日。夏のジャンプ台で西方は滑りの感触を確かめていた。代表強化合宿に参加しているのは、原田、葛西、岡部、斎藤《さいとう》、船木ら十六人だ。全員に代表選手になるチャンスがある。だけどその一方で、代表選手の八名に選ばれない可能性も誰もが持ち合わせていた。

だから余裕なんて無い。

西方は少しだけ抑え気味のジャンプをくり返していた。雪のない緑色のブレーキングトラックを滑りながら感触を確かめる。どうもしっくりこない。具体的にどうというわけではないが、なぜか全力で飛ぶのが少しだけ怖かった。正体不明の違和感が無性に気になる。

ブレーキングトラックの上で首を傾げていたら、背中から急に声をかけられた。

「いやあ。まずいですよねえ」

驚いて振り返ると、そこに短い髪を茶色に染めた南川《みなみかわ》が立っていた。西方と同じ強化選手の一人だ。南川が、西方の背中越しに、なんだか眩しそうにジャンプ台を見上げている。

「びっくりした……。何だよ南川」

「だって西方さん、どうします？　みんな絶好調じゃないですか。代表争い超熾烈ですよコレ」

「いいことだろそれは」

「日本にとってはでしょ？　ぼくにとってはいいこと一つもありませんよ。あーあ。誰か怪我《けが》でもしないですかね」

「お前なあ……。言うなよそういうの」

「やだなあ。冗談ですよ冗談。怪我じゃなくて病気でも構いません」

「お前なぁ……、言葉には言霊ってのがあって、そういうのは」

「西方さん。黙って」

「は？」

「船木が飛びますよ」

南川といっしょにジャンプ台を向いた。小さく体を丸めた船木がシャンツェを下り、カンテを踏み切るところだった。夏の太陽に照らされて、黒い塊だった船木がバッと翼を広げた。美しいV字の翼を目一杯広げてどこまでも飛んで行く。

息を飲んだ。練習風景を取材に来ていた記者たちが、「おお」と感嘆の息を漏らした。紙飛行機を追いかける少年みたいに記者たちがランディングバーン目指して走っていく。着地した船木に駆け寄って行く。

南川がまるで呆れているみたいに言った。

「なんですかありゃ。すげえな、もう」

西方は言葉が出なかった。

「…………」

＊

「ねえ仁也くん。なんか最近、細かい怪我とか多くない？」

「いや……。そんなことないだろ」

「あるよ。湿布とかガーゼとかの消費量がすごいんだって。なんか体中痣《あざ》みたいのあるし」

「しかたないんだよ。ほら、みんな必死だから」

クラブハウスで記者たちが話しているのを聞いてしまった。長野オリンピックに向けて空気はどんどん熟されている。合宿所にやってくる記者の数も増えた。だから、生々しい話だって時折聞こえてくる。

喫煙所で何人かの記者たちが話していた。

「やっぱりこれはすごいですよ。日本の団体金メダルはいよいよ間違いない」

「選手層がすごいからな。期待できるぞこれは」

「原田、船木は絶好調だし、岡部と葛西もぐんぐん調子を上げてきてますしね」

「その上、ここにきて斎藤もいいんだ。こりゃ代表選考、難航するぞ」

「西方はどうですか？　西方仁也」

西方は通り過ぎようとした足を止めた。気づかれないようにさっと廊下に身を寄せる。

変な汗がでてくる。なぜか喉が渇く。

「西方かぁ……。年齢的には次が最後のオリンピックだろ？」

決定事項みたいに言われた。記者が続ける。

「リレハンメルで一番飛んだのは西方だからな……。おれは、入ってくると読んでるんだが」

若手の記者が指を折って数えている。

「ちょっと待ってくださいよ。団体は四人でしょ？　原田、船木、岡部に斎藤、それに葛西。加えて西方って――」

「なあ」

「それ……、いったい誰が落ちるんですか」

トレーニング室にこもる時間が長くなっていた。団体の四名は、八名の代表選手たちから選ばれる。まずは何としても八名の枠に入らねばならないのだ。代表を競う選手たちは、選考を前にどんどんと調子を上げてきている。追いつくには、選ばれるためには、自分も成績を伸ばすよりない。より筋力をつけ、体力を高め、バランス感覚を磨いて、心を鍛えねばならない。時間などいくらあっても足りなかった。誰にだって一日は二十四時間しかないのだ。与えられた時間を一分でも一秒でも練習のために割くよりない。

記者たちは言っていた。

「わからないな。今はまだみんな横一線だ。代表争いはここからが本番だろう。選手たちは気が気じゃないだろうさ」

バーベルのプレートを一つ増やした。気ばかり焦る。記録を伸ばし、日本代表チームには西方仁也が必要なんだって全員に思わせなきゃいけない。原田と約束したんだ。また四人でオリンピックに挑み、今度こそ金メダルを獲るんだって。原田も岡部も葛西も、実績から見て代表選手に選ばれるのはほぼ確実だ。船木はもう決まったようなものだ。斎藤も安全圏にいるだろう。当落線上にいるのは、おれとたぶんもう数名。つまりおれは、今よりもっと強くなり、もっともっと自分を売り込まなきゃいけない。

いつもより重いバーベルを無理やり持ち上げたら、その瞬間に背中の肉がギシッと軋《きし》んだ。次の瞬間、ドーンと突き落とすような痛みが下半身を直撃した。西方は「グ」と呻《うめ》いて、反射的に腰を浮かせた。全身に電気が走り抜けて、バーベルがガキンと音立てて落ちた。練習していた選手たちや取材中の記者たちがいっせいに西方を見た。落ちたバーベルがぐわんぐわん揺れている。

「大丈夫ですか⁉　西方さん」

誰かが声を上げた。西方は叫びたいほどの苦痛を精神力で抑え込んだ。叫べない。

一瞬で全身が脂汗に塗れた。西方は左手だけを上げてそれを振ってみせる。必死に声をしぼり出した。

「だ……、大丈夫大丈夫。手が、滑っただけだよ」

家に帰って畳の上にゴロンと横になった。横になるといくらか腰の不安感が薄まる。慎護が部屋を走り回っている。手に何か光るものを持っていた。何だあれ？　メダルかな？　ハハ……。折り紙で作った金色のメダルか。

いつの間にか幸枝が西方を見下ろしていた。

「あのさあ仁也くん」

「んー？」

「怪我とかしたら許さないかんね」

「んー？　あー。気をつけるよ」

生返事をしてゴロリと幸枝に背を向けた。

やるしかない。チャンスはこれ一度きりなのだから。

「オラオラ！　へばってんじゃねーぞ原田、西方ぁ！　それスクワットか？　しっかりケツ落とせケッぅ！」

神崎コーチの毒舌が日に日に激しくなっていく。練習メニューも日に日に密度を増していく。

「お前らじじいだからもうへばったのか？　さっさと練習切り上げて縁側でお茶でも飲みたいってか？　いいぞお。できねーならさっさと諦めちまえ。諦めて地元に帰れ！」

口答えする余裕もなかった。不安な腰をかばいながら基礎練習を続ける。腰をかばう分だけ体の他の部分に負担がかかってますます疲れてしまう。それでもやめられない。代表に選ばれそうな選手たちが、皆黙々とメニューをこなしているからだ。地力を伸ばしているからだ。

唇を嚙んで耐えた。

「よーし。次はそのままジャンピングスクワットだ！　全力二十回！　スタート！」

夕食の後、テーブルの上にデンと一升瓶を置かれた。意味がわからなくて西方はきょとんとする。目の前に何だか真剣な顔をした幸枝がいる。慎護はいない。隣の部屋で眠っている。

幸枝が言った。

「あのさ。飲むから付き合って」

「へ？」

「つまみは簡単なものでいいから」

笑ってしまう。お前が飲むのにおれが用意するのかよ。

「いったいどうしたんだよ。めずらしいな」

「まずはちょっと酔わせて。それから話す」

「なんだかお前、うちの親父に似てきたな」

台所に立って、二つのグラスと、もやしをレンチンしてポン酢をかけただけのつまみを皿に載せて居間に戻った。緑色の一升瓶を透かして幸枝が西方を見ている。

しばらくは、テレビの話やご近所の話をしながら大人しく飲んだ。時折笑いながら、ゆっくりと流れていく時間を楽しむ。

幸枝が「ふう」と声に出して言ってから、とろんとした目を西方に向けてきた。

「仁也くんはさあ……。小さい頃からずっとジャンプばっかりしてきたって言ってたじゃん。ねえ、あのさ……、ジャンプ以外の何かをしてみたいとか、思ったことないの？」

西方は考え考え答えた。

「そうだなぁ……。ないな」

幸枝が笑った。

「ないんだ」

「うん。言われてみると不思議だけどな。ないな。ずっと」

「ふうん」

幸枝がゆっくりと熱い息を吐き出した。少しだけ満足そうに言う。

「……なんか、それって羨ましいなぁ」

いい感じに幸枝が酔っぱらってきている。こんな感じの幸枝、ひさしぶりだ。

テーブルに半分突っ伏していたのに、急に幸枝がガバリと体を起こした。そのまま
の勢いで、底に一センチくらい酒の残ったグラスをゴンとテーブルに叩きつける。

急に言った。

「仁也くん、知ってる？　ジャンプってさ、起源は罪人の処刑方法だったんだって」

「は……？　お前何言ってんだ？　そんなワケ――」

冗談だと思ったのに幸枝が笑ってくれない。

無言の時間に先に西方の方が折れた。「え？　マジなの？」

「いや嘘だけど」

「嘘なのかよ」

幸枝の目が西方を向いていた。思いのほか真剣な目だ。

「嘘だけど、そんだけ危ないって言ってんの。羽もないのに空飛ぶんだもん。危ないに決まってるでしょ。人間に羽がないのは何でか、仁也くん、わかる？」

「わかんねえよ。さっきから何なんだよお前」

「空を飛ばせないためだよ。『飛んだら落ちるぞ』って神様が教えてくれてんの」

「いやそれ、飛行機乗れねえじゃん」

「あれはいいの。機械だから。科学だから」

「ジャンプも科学だよ」

「いやちがう。あれは根性と思い込みで飛んでるんだ」

思わず笑ってしまう。なんなんだよその強固な偏見は。

「だってさ、慎護が飛びたいとか言い出したらどうするつもり？　パパ」

ああ。西方は短く息を吐き出した。

「そりゃあ……、将来的に慎護がジャンプやりたいって言うなら本人の希望に」

「怪我したらどうすんの」

「だから、怪我しないように万全の準備をするんだよ」

「死んだら？」

「………………」

「気持ちよさそうに飛ぶ仁也くんを見るのはわたしも好き。だけどさ……」

幸枝が唇を結んで唾を飲み込んだ。

「でもやっぱり、これだけは言わせて。わたしにとっては仁也くんのジャンプだって同じなんだ」

「………………」

幸枝がじっと西方を見ていた。酒で顔を火照らせて、何とか口に出したみたいだった。

「やめろとは言わない。けどせめて、わかって」

＊

神崎コーチが旗を振った。西方の眼前に、夏の白馬ジャンプ競技場の緑のアプローチ（助走路）が広がっている。

西方は不安だった。腰の不安感が消えない。本来なら、少しでも体調面に不安があれば、絶対にジャンプなどしない。ほんの少しのバランスの崩れが大怪我につながりかねないからだ。だけど今は、「飛べない」と言えない。飛んで、誰よりも飛べることを証明しなくちゃいけない。

「行きます」

スターティングバーから前に出た。不安のせいかいつもより動悸《どうき》が早い気がする。腰を屈《かが》めるのが怖い。小さくなってスピードを上げていく。カンテが近づくのが怖い。踏み切った瞬間、自分がどうなるのか自信がない。

何だこの気持ちは。

サッツ（踏み切り時の動作）はジャンプの命だ。

ジャンプの揚力は、スキー板と、ジャンパーの体との間で生じる。前傾した体は飛行機で言うところの翼だ。その力を支えるのは、足と腰だ。

西方は無理やり体をまっすぐに引き伸ばした。カンテから勢いよく飛び出す。腰をかばうことなんてとてもできない。

飛び出した瞬間に、激痛で頭が真っ白になった。腰が砕けたのかと思った。痛みで歪んだ視界の中、V字になるはずのスキーが大きくバランスを崩していた。いつもは飛行を後押ししてくれる空気の塊が、今日は敵意をむき出しにして西方の体を殴りつけた。グルンと体が半回転する。こうなると姿勢を正すことは不可能だ。ランディングバーンに落下する。西方は、そのまま何度も転がり、何度も地面をはねた。ゴン、ゴンと連続してヘルメットが地面を打つ。右足のスキーが外れて吹っ飛んだ。左足のスキーは外れなくて西方の足を落下の勢いのまま捻《ね》じりあげた。痛みなんて感じる余裕がなかった。世界がグルングルン回って脳みそが揺れる。神崎コーチだろうか、誰かの叫び声が聞こえた。ようやくバウンドが治まって、西方は頭を下にし、ザザザと音立てて斜面を滑り落ちた。大勢が近づいてきているようだった。断片的にいろんな声が聞こえる。

西方。

大丈夫か西方。

動かすな。

意識。意識あるか?

西方は薄く目を開けた。何もかもが霞んでよく見えない。たくさんの頭が円を描いて西方を覗き込んでいた。霞《かすみ》がひどくなる。音もぐんぐん遠ざかっていく。

自然と目が閉じた。

最後に神崎コーチの声が聞こえた。

「何で黙ってた！　西方ぁあ！」

＊

ベッドの上で目を覚ましたら、そこに幸枝がいた。

泣きはらした目をしていた。

時間がわからない。あれから何時間経ったのか。あるいは何日が経ったのか。

「起きた……？」

赤い目で見つめられて、そう言われた。西方はゆっくりと口を開く。口の利き方を忘れてしまったみたいでなかなか声が出なかった。空気を吐き出すだけで背中と腹がドクンと痛む。

「……おれは」

幸枝が答えてくれた。まばたき一つしない。

「落ちたの。ラージヒルのジャンプ台から芝生の上に一直線に」

思い出した。そうだった。おれはジャンプに失敗したんだ。

「………」

「神崎さんが言ってたよ。どうやら西方は、腰を痛めてるのを隠していたらしいって。それで謝られた」

「……なんで」

「コーチなのに、見抜けなくて申し訳ないって」

「………」

幸枝の目が西方から逸《そ》れない。射すくめるような目だ。

冷たく言われた。

「なんで飛んだの？」

少し迷ってから答えた。掠れた声で言う。

「飛ぶしか……、なかったんだ」

「なんで。理由を聞いてるの」

すごく怒っていた。見たことがないくらいに。

「飛ばなきゃ――、西方仁也はもう飛べないって烙印《らくいん》を押される」

「実際、飛べてないじゃん」

「………」

幸枝が鼻を啜った。泣いてはいない。だけど喉が震えている。

「前に仁也くんさ、言ったじゃない。スキージャンプは怖いんだって。空中でバランスを崩したら、最悪死ぬんだって」

「……………」

「なんで飛んだの。答えて」

「西方は飛べるって……、まだ終わってないんだって証明したくて……」

「わたしは……、仁也くんや慎護のために死ねないって思ってる。だけど仁也くんはちがうんだね」

顔を背けられた。グシュッと鼻を鳴らす。

「わかってって、こないだちゃんとお願いしたのに」

幸枝がうつむいている。しばらく無言の時間が続いてから、幸枝がパッと顔を上げた。

「コーチたちに連絡するね。仁也くんが目を覚ましたって」

明るい顔を作っているけど目が赤い。

「ああ……。すまない」

心の中でくり返した。

本当に、すまない。

真っ先に病室にやってきたのは原田だった。

トレーニングウェアのままだ。どうやら走ってきたらしい。息が上がっているのに顔は真っ白だった。病室に入るなり西方のベッドに駆け寄って、シーツに両手をついて言った。

「大丈夫か西方！　ど、どうだった？　医者はなんて……？」

原田があんまり動転しているから、かえって自分の方が冷静になってしまった。西方はあえて間を置いてから原田に言う。

原田が地球の存亡でも見つめるみたいな目で西方の返事を待っている。

笑ってしまう。

「まいったよ……。当分は安静に、だってよ」

原田がいまにも泣きそうだ。

「当分って、この時期にお前……」

「なんでお前が落ち込むんだよ。大丈夫だよ。長野には絶対に間に合わせるから」

次に神崎コーチがやってきた。顔を合わせた途端、悪戯《いたずら》がバレた小学生みたいに怒られた。

大人になって、面と向かって「バカ野郎」なんて怒鳴られたのははじめてかもしれない。

「この大バカ野郎！ 腰のこと、何で黙ってた！」

あまりにすごい勢いで、返す言葉が出てこなかった。西方は短く「すみません……」とだけ言う。

「お前は命よりオリンピックが大事なのかよ⁉」

「…………」

答えなかった。そうしたら神崎コーチが大きく目を見開いて黙った。見舞客用の丸椅子にドスンと腰を落として、リングコーナーのボクサーみたいな姿勢になって言う。

「すげえダメな男だな、お前」

立ったままの幸枝が西方と神崎コーチを交互に見た。神崎コーチは続ける。

「そりゃあ気持ちはわかるけどよ……。それとこれとは別だろうが」

項垂《うなだ》れた。

「おれはよ。結局オリンピックに出られなかったから、お前たち代表選手の気持ちはわからねえ。けどよ、良いことと悪いことの区別くらいつくぜ。お前はとんでもなくダメなやつだ。泣けてくる」

さっきの原田といい神崎コーチといい、予想外の反応ばかりで戸惑ってしまう。

ようやく言えた。

「なんで神崎コーチが泣くんですか」

「お前、追いつめられてたんだなぁ」

「…………」

「でもよ。きっと、幸枝さんはお前以上に辛《つら》いぜ。わかってやれよ。そんくらい」

幸枝の顔を見られなかった。自分が我儘《わがまま》なのは知っている。その我儘に、幸枝が根気よく付き添ってくれていることもわかっている。でも、どうすればいいのかわからないのだ。

他に思いつかない。

西方仁也に、何があるって言うんだ。

＊

たとえ気持ちの上で追い詰められていたとしても、練習さえできればいくらか心は救われる。だけど、その練習を禁じられてしまうと、こんなにも心は焦るのだ。号砲が鳴ってみんな一斉に走り出したのに、自分だけスタート地点でずっと足踏みしている気分だ。みんなの背中がどんどん遠ざかっていく。今にもカーブを曲がって背中が見えなくなりそうだ。あれほど才能に溢《あふ》れ、努力も惜しまない連中に、おれは後から追いつけるのか。彼らはどれ程先を行っているのか。そんなことばかり考えてしまう。周回遅れになる夢ばかり見る。

西方はうつ伏せになって理学療法士のマッサージ治療を受けていた。痛みは我慢できる。我慢できないのは、何もできないことだ。

担当の平田《ひらた》という理学療法士はよくしてくれる。ちゃんと西方の気持ちを理解して、西方の心を落ちつけようと言葉をかけ続けてくれる。

腰を押されながら西方は呻く。自分が情けなくてしかたない。

今朝の新聞に出ていた。

――サマーグランプリ　原田、優勝！

どうしてもカレンダーを見てしまう。

――長野オリンピックまで、あと一五八日

「我慢ですよ、我慢。西方さん」

何もしない、何もできないことが、こんなにも苦痛だなんて知らなかった。

「きっと間に合いますから。だから今は我慢です」

＊

幸枝は台所に立っていた。仁也が居間でテレビを眺めている。その仁也の背中に慎護が飛びついていった。

「にちかたー」

首に抱きついた。仁也がびっくりしている。慎護の手をどって体の前に回し、おゆうぎみたいに顔と顔を突き合わせている。「慎護ぉ。にちかたじゃないだろ。パパだろパパ。慎護もにちかたなんだから」

言って笑っている。笑ったはずみにほんの一瞬だけ痛そうに顔を歪《ゆが》めた。いまの仁也には三歳の慎護の体重でさえ爆弾みたいなものなのだ。

――ホントにばか。無理ばっかりして……。

台所から居間に向かって大きな声を出した。

「だめよ慎護。パパは腰がイタイイタイなんだから」

慎護が不思議そうな顔をしている。仁也を見て、「イタイの？」と尋ねた。

仁也がなんとも力ない笑顔で、「ごめんな」と応じている。

「慎護、もうちょっとだけ待ってな。すぐにパパは怪我を治して、お前にまた『大ジャーンプ』させてやるからな」

少し前から慎護のお気に入りの遊びは、仁也が考案した変則型の高い高いだ。要するに、ジャンプの踏み切りの姿勢、空《から》サッツの真似事だ。キャアキャア笑いながらそれをくり返すのに慎護はがっつりはまっている。

幸枝としてはあんまりうれしくない。

「にちかたー」

うれしそうに言いながら慎護が隣の部屋に走っていった。「チンメタルー」と何度も大声でくり返している。

三歳になって慎護はとてもよくしゃべるようになった。幸枝は皿を置いて、手をぬぐいながら居間に向かう。仁也が見るともなく幸枝を見ている。

「なあ幸枝。チンメタルって何？」

幸枝は苦笑いする。

「にちかたと一緒。テレビで覚えたのよ。金メダルって」

「ああ……」

「わたしとしては、そんな言葉覚えてほしくもないんだけどね」

「そう言うなよ。おれ、まだあきらめてないんだから」

仁也の対面に膝を折って座る。そのまま言った。

「治るの？」

「治すさ。絶対に間に合わせる」

仁也の目を見る。

「でも、間に合わせるって言ったって、治るかどうかわからないんでしょ」

「間に合わすんだよ。なんとしても」

「その気持ちのせいで怪我したんだってわかってる？」

「………」

「黙んないでほしいな」

仁也が床に目を落とした。肩が丸くなっている。こんなに大きな体なのに、なんだかすごく小さく見えてしまう。すごく強い人なのに、この人は時々すごく弱い。

呟くように言った。

「でも……、おれには、これしかないんだ」

悲しくなる。

幸枝は思う。言葉にできないけど、本当は思い切り叫んでやりたいくらいだった。

そんなことないって。

そんなこと言うなって。

わたしや慎護が、ここにいるじゃない。

5

背筋を意識しながら腿を上げて、病院の階段を上がり続ける。これもリハビリだ。たった一段分体を上げるだけでこんなに汗を掻くなんて。まるで自分の体が自分のものじゃないみたいだ。

額に脂汗を浮かべながらなんとか階段を上がり切ったら、踊り場の陰からヌッと何かが現れた。西方はぎょっとする。

「うお」

南川だった。ハーフパンツ姿の南川が目の前に立っている。

南川が言った。

「やー。やっちゃいましたね西方さん」

「びっくりした……。何だよ南川。何でお前いつも急に現れるんだよ。やめろよ、腰にくるだろ」

「腰はやっかいですもんねー。大変ですね。この大事な時期に怪我なんて」

「お前こそ何でここにいるんだよ。海外遠征中のはずだろ？」

南川が自分の右足を指差した。南川の右足に簡易版のギプスがはまっている。少しだけ自虐的に笑った。

「ぼくもやっちゃったんです。ほら」

「………」

「ちょっと風が強い日にジャンプして、着地に失敗してこのザマですよ。まあ、長野はもう間に合わないだろうけど、焦らずやりますよ。ぼくまだ若いんで。メダルは次でいいし」

西方を見ている。西方は南川から目を逸らした。

「そうか……。お互い大変だな」

何でもない南川の、「次でいい」すら突き刺さる。

おれには――、長野しかないんだ。

〈長野オリンピック、スキージャンプ代表は八名のうち六名までを決定いたしました。原田雅彦、船木和喜、斎藤浩哉《ひろや》、葛西紀明、岡部孝信、吉岡和也《よしおかかずや》の六名が、代表メンバーとして決定しております〉

昨日、スキー連盟の室谷《むろや》本部長がテレビ画面の中で言っていた。呼ばれた名の中に西方仁也はない。

焦る。残りは二枠だ。

階段の手すりを摑む手のひらが汗でびっしょりだ。

〈残る二名の選出は、オリンピック直前までの成績を考慮して選考していくことになります。なお——、団体戦は、この八名の中からの選出となります〉

リハビリの終了を告げられたのは十二月だった。

平田理学療法士に支えられて、空サッツをしてみせた。

平田さんがやっと笑顔を見せてくれた。三か月かけて、やっと笑ってくれた。

「うん。もう大丈夫です。西方さん、よく我慢しましたね。飛んでいいですよ」

湧き上がる喜びが胸を満たした。

まだ間に合う。まだ、新年早々に開催される公式のジャンプ大会が残っている。それに出られれば、そこで西方仁也の復帰を大々的にアピールできれば、まだ可能性はある。きっと長野に出られる。

胸の前で両腕をグッと固め、人目を気にせずに声を張り上げた。

「間に合った……。間に合ったあ！」

＊

——長野オリンピックまで、あと二十七日

宮の森ジャンプ競技場に西方はやってきていた。この場所で、第三十九回雪印杯・全日本ジャンプ大会が開催されるからだ。隣には神崎コーチもいる。新年早々の北海道。風は冷たい。空気が澄みきって、そびえるシャンツェがすごく美しく見える。

神崎コーチが西方に言った。西方はシャンツェを向いたままだ。

「オリンピック直前の、最後のアピールの場だ。いいな、優勝しろ。それ以外にオリンピックはないぞ」

「……はい」

「西方」

会場に向かう足を止めた。

「はい？」

「飛べよ」

西方は空を見上げた。ジャンプ台が待ってる。空が待ってる。

早く飛びたい。そう思った。

大丈夫——。今日は、空が近い。

西方は飛んだ。リハビリが終わってすぐの大会で練習だってまともにできていなかったけれど、気力だけは満ちていた。いままでのジャンプ人生で培ってきた力をすべて注ぎ込んで、気持ちだけで飛んだ。オリンピック直前の最後の公式大会だけあって、参加選手にはすでに代表に選ばれている者や代表候補の者が大勢いた。その中で、誰よりも飛んでみせた。

〈行ったーっ！　西方仁也、大ジャンプ！　堂々の復活です！〉

＊

「西方さん、さすがです。今日、完敗でしたよ」

うれしい。こんな充足感、本当に久しぶりだ。

負けたっていうのに葛西が笑っている。宮の森シャンツェで行われた全日本ジャンプ大会の結果は、一位が西方仁也、二位が葛西紀明となった。西方は得るべき最良の結果を得た。復帰第一戦で、第一位を勝ち取ったのだ。

西方のグラスに葛西がビールを注いでくれた。

「またあのメンバーでオリンピックに臨めますね」

西方も笑顔になる。それ以外の表情なんて忘れてしまった。

「今度こそ、金メダル獲りましょうね」

葛西の言葉に、一応の自制心をはたらかせた。

「はは。まだおれは選ばれたわけじゃないけどな」

そう言っても葛西は笑顔を崩さなかった。確信しているのだ。オリンピック直近の大会で優勝したのだ。西方と同じように、「決まりだ」と思っているのだ。

食堂にいる人々のざわつきが色を変えた。一瞬会話が止《や》んで、みんなが一斉にテレビに顔を向ける。葛西が首を曲げてテレビを見た。西方に言う。

「西方さん。室谷本部長の会見がはじまるみたいですよ」

テレビの前に立つ。

室谷本部長が会見台でペラ紙をめくっている。

〈えー。それでは、長野オリンピック、スキージャンプ代表、残り二名の選考が終わりましたので発表いたします〉

選考委員はこの大会の結果を待っていたのだ。だから優勝者は当然選ばれるはずだ。心配するな。あたりまえだ。

〈まず一人目。宮平秀治《みやひらひではる》。宮平は、HTBカップの優勝が決め手になりました〉

葛西はまだ笑っている。西方はいつの間にか真顔になっていた。結果を信じている。だが、今にも吐きそうなくらいに緊張していた。右手のビールがグラスからこぼれやしないか心配なくらいだ。

室谷本部長がペラ紙をめくった。軽く咳払《せきばら》いしてから続ける。

〈最後の一人は、これまでの実績も考慮しての選出です〉

その言葉に希望を見出《みいだ》した。おれはリレハンメルオリンピックの銀メダリストだ。

あの時、代表の誰よりも長く飛んだ。選手生活を十六年続けて、これまでにいくつもの優勝をかっさらってきた。葛西にだって岡部にだって、斎藤にだって勝ったことがある。原田より飛べるんだ。だからきっとおれだ。おれの名前が最後に呼ばれるはずなんだ。

聞こえた。

〈須田健二《すだけんじ》。実力に加え、アルベールビルから出場している経験値を評価しました〉

世界が黒く染まった。何も見えない。

テレビが何か言っている。室谷本部長が淡々と続けている。

〈すでに発表済みの六名に、宮平、須田の二人を加えて、我々はオリンピックに臨みます〉

葛西が西方を見ていた。西方にはもうそれが見えない。

「西方さん……。あの……」

聞こえない。

ふらふらと食堂の出口に向かった。自分でも自分が何をするつもりなのかわからなかった。ただ、この場所にいられなかった。いる資格もないと思った。

西方仁也は、いま死んだのだ。

一人になっても世界は真っ暗なままだった。

結果はもう知っているのに、自分がなぜテレビをつけているのかわからない。

ニュース番組が、今日の選考の結果を伝えている。

〈史上最強と言っても過言ではないメンバーだと思います。リレハンメルの時は日本中が悔しい思いをしましたからね。きっと、今度こそ彼らが金メダルを獲ってくれるでしょう〉

リレハンメルで誰より悔しかったのはおれたちだ。雪辱を誓ったのはおれたちだ。

なのに、なんでおれにだけ、そのチャンスが与えられない。

金を逃したのはおれじゃないのに。あいつが――、あいつさえあの時ベストのジャンプをしていれば、こんな思いなんてしなかったはずなのに。

携帯が鳴り出した。液晶画面に「原田」の文字が見える。

瞬間的に心が煮えたぎった。とんでもなく汚い何かを右手に握っているみたいな気がした。床に投げつける。ビキッと変な音がしたけどまだ鳴ってる。まだあいつが、おれを呼んでる。

「なんで……」

心が焦げそうだ。

なんで。おれじゃないんだ。

項垂れて家まで帰ってきた時、家の外で待っていてくれたのは幸枝だった。

幸枝が言う。たった一言、言ってくれた。

「おかえり。仁也くん」

テストジャンパーたち

chapter 2

1

神崎コーチが滔々《とうとう》としゃべっている。

「テストジャンパーは毎朝せっせと飛んでジャンプ台の安全を確かめる。地味な上にキツい。でも、オリンピックを支える大事な仕事だ」

「はあ……」

代表選手の発表から数日後、何の連絡もなく家に神崎コーチがやってきた。玄関で、挨拶より先に「おれな、長野のテストジャンパー主任になった」と言われ、二言目に言われた。

「だから西方、お前にテストジャンパーをやってもらう」

「は？」

「週明けには現地入りだ。さっそく支度してくれ」

「はい……？」

「聞こえなかったか？　テストジャンパーだ。お前が長野のジャンプ台で飛ぶんだよ。代表選手たちが安全に、確実に飛べるように、お前がテストジャンパーとしてジャンプ台を整えるんだ」

理解が追いつくとともに、戸惑いが怒りに変わっていった。半纏の中で手のひらをギュッと握りしめる。思ってしまう。

——おれは、銀メダリストだぞ……。

神崎コーチが無言で西方を見ている。

「ちょっと待ってくださいよ。テストジャンパーって……」

食い気味に言われた。

「実際にジャンプすることで、ジャンプ台の溝に積もった雪を取り除くんだ。シュプールを板で弾《はじ》き飛ばして、代表選手のために道をつくるわけだ」

「…………」

「選手たちが安全に飛べるようになるまで何度でも何度でも飛び続ける。そういう仕事だ」

まだ信じられない気持ちだった。どこかで神崎コーチが、「冗談だ」と言ってくれるんじゃないかと期待している。それなのに、神崎コーチは玄関に立ったまま、直立不動で西方を睨むように見ている。

戸惑いながら答えた。

「知ってますよ。知ってるから黙ってるんじゃないですか。どうしておれなんです」

「どうせ暇だろ」

腹が立つ。暖かい家の中で半纏を着て背中を丸めている自分が嫌でしかたないのに、そこに被せるようにしてこの仕打ちだ。せめて過去の想い出に逃げていたいのに、現実はこうしておれを追いつめてくる。

「そりゃ暇ですよ。暇ですけど、なんでおれが裏方なんか……。この四年間、金メダルだけを目指してやってきたんだ。いまさらテストジャンパーなんか」

「なんか、何だよ」

言葉に詰まった。神崎コーチが鼻を鳴らす。

「ま、できないならそれでいい。でもお前、スキー連盟の打診を断るってことは、ジャンプをやめるってことでいいんだな」

「え……」

神崎コーチは怯《ひる》まない。

「ま、やめるにしても、連盟には恩を売っておいたほうがいいと思うぞ。引退後もこの世界で食っていくよりないだろお前は。小さい子どももいるんだしな」

「それ、脅しですか」

「親切心で言ってんだ」

「脅しですよ。ふざけないでください。おれは引退なんてしません。おれはまだ飛べるんだ」

「誰も、お前が飛べないなんて言ってない」

「お前には、テストジャンパーくらいしか利用価値がないって言ってるのと同じじゃないですか」

「そう聞こえたか？」

神崎コーチが表情を変えずに西方を見ている。惨めだった。大好きだったジャンプでこんな気持ちになるなんて。心の支えだったジャンプが、ここまでおれを追いつめてくるなんて。

居場所がなくて居た堪《たま》れなくて、ひどく久しぶりに町に飲みに出た。ずっと規則正しい生活しかしてこなかったから、この歳《とし》になってどうかと思うけれど、自分でも遊び方がよくわからない。酒なんか、練習の無い日の前日に家で飲むものだと思っていた。食べたいものを好きなだけ食べるっていう習慣もない。ましてや酒のつまみだけで腹を満たすなんて考えられないことだった。

そうだったはずなのに。

路地裏のできるだけ目立たない場所にあるネオンを見つけ、重い扉を開けて一人で店に入った。ドアベルと同時に、スナックのママさんが「いらっしゃい」と気さくに声をかけてくる。その後、西方の顔をまじまじと見て、急に声を低くした。

「わ……、あの……」

西方は右手を軽く上げて言った。

「すみません。ちょっと、一人で飲みたいんです」

ママが何かを察したように口をつぐんだ。カウンターの席に案内される。無言でコトリと水割りを差し出された。西方は「どうも」とだけ答える。浴びるように酒を飲んだ。乾き物の載った小皿はただそこにあるだけだ。

「余計な心配かもしれないけど……。あの、大丈夫ですか……？」

ママの声に、西方はどんよりした目を上にあげた。何も話したくない。何を聞かれてもろくな受け答えができなそうだ。心が腐っているのを自分で感じる。

その時ドアベルが鳴ってドヤドヤとお客が入ってきた。スーツを着たサラリーマンらしき三人組だ。

「お⁉　おお⁉　嘘だろ⁉」

カウンターにいる西方を見つけて、一人が叫ぶようにして言った。声が大きい。もうずいぶんできあがっているみたいだ。

「西方仁也だ！　ほら、リレハンメルの！」

「おお？　おおーっ！」

駆け寄ってきた。西方の肩に馴《な》れ馴《な》れしく手を置く。

「どうしたのあんた。何でこんなとこにいるの？」

辛うじて笑顔を作った。

「いやあ……、ちょっと飲みたくて」

男が大きく肯いた。他の二人も呼び寄せて、西方をはさむようにしてカウンターに無理やり座る。

「そうだよなあ。残念だったもんなぁ、オリンピック」

はっきりとそう言われた。男が西方の背中をポンポンと叩く。

「選ばれたの誰だっけ？　原田だろ？　斎藤だろ？　それに船木とあと吉岡」

「リレハンメルの岡部と葛西も代表入りしてましたよ確か」

「あとほら、追加で決まった二人。須田と宮平だっけ？」

指を折って数えている。

「これで八人。あちゃー。もし代表が九人なら、あんた、きっと選ばれてたよ。気を落とすなって」

ママが慌てて「向こうのテーブル席に……」と言ってくれた。けれど、西方は手を上げてやんわりとママを制した。ものすごく苦しいけど、これだって悪意じゃないのはわかっている。西方を彼らなりに励まそうとしてくれているのだ。

わかっている。

「でもよう。納得できないよな。あんたが落ちて原田が選ばれるなんて」

男たちが肯き合っている。

「ですよねえ」

「だってよ、前回のリレハンメルはあいつのせいだろ？　金が獲れなかったの」

西方は静かに言った。

「原田のせいじゃないですよ。おれたち四人で飛んだ団体戦だったんですから」

「でもなあ。あんたをはじめ、岡部と葛西はすげえジャンプをしたんだからさ。ホントなら、あんた金メダリストだったんだぜ？　それだけのことをやってのけたんだ。なのによう」

「いや……、そんなこと」

苦しい。すごく苦しい。何だこの気持ち。原田は悪くない。悪いやつなんていない。

わかっている。わかっているのに、どうしてこんなに苦しい。

「失敗したのは原田なんだからさ。おれだったたら、西方くんを選ぶけどなぁ」

言わないでくれ。

「失敗した張本人には挽回《ばんかい》のチャンスが与えられて、被害者の西方くんには何のチャンスもないってよう。あんまりじゃねえか」

「…………」

「めげちゃダメだよ。人生さ、オリンピックだけじゃねえんだから。ほら、飲みなよ」

人影が途絶えたら、いつの間にか心の中が溢れ出していた。

「なんでだ。なんでだあ」

路肩のツツジの上に降り積もった雪を殴り飛ばした。呟きだったはずの声が、いつの間にか叫ぶような声に変わっていた。死ぬほど惨めだ。止められない。

「ちくしょう。なんでだ」

酔っているのは酒じゃない。自分の人生に悪酔いしている気がしてしかたない。

「なんで」

おれじゃない。

「なんで」

原田が飛ぶんだ。

「おれは……、どうすりゃ良かったんだよ」

吐きたい。いままでの自分をぜんぶ吐き出してまっさらになりたい。雪の路上に四つん這いになった。顔から何か垂れてくる。涎《よだれ》かもしれない。鼻汁かもしれない。涙かもしれない。それすらわからない。白い雪に水滴が落ちて穴を穿《うが》つ。「なんでだ」吐瀉物《としゃぶつ》がこみ上げてきた。胃がひっくり返ってそのまま吐く。ビシャビシャ汚物が雪を汚した。西方の腕や膝に吐瀉物がはねる。吐いた物は酒だけだった。食べるのも忘れて全力で絶望していた。慰めの言葉も優しい言葉もすべて呪詛《じゅそ》の言葉のように聞こえた。落選が決まった時、原田はおれに電話をかけてきた。何て言うつもりだったのだろう。こんなおれに、どんな言葉をかけるつもりだったのだろう。

「気を落とすな」

もしそう言われたなら、おれは「お前のせいだ」と叫ぶだろう。

「お前の分も頑張るから」

もしそう言われたなら、おれはお前を呪うだろう。

「すまない」

そう言われたなら、おれはもう立ち上がれない。謝罪の意味の一つひとつがおれを傷つける。

希望なんて一かけらも残っていない。この世は闇だ。

なあ幸枝。慎護。ごめんな。

おれ、夢を叶《かな》えられなかった。お前たちに約束した金メダル、獲れなかったぁ。

背中にバサリと何かが載った。

「それ着なよ」

西方は四つん這いのまま、ぐしゃぐしゃの顔を曲げて振り返った。雪が舞ってる。

ダッフルコート姿の幸枝がそこに立っていた。

「ん」

手を差し出された。白く輝く幸枝の手が、まるではじめて見るものみたいだった。

ふらふらと立ち上がる。

「あーもう。くっさいなあ」

幸枝が西方の肩を抱いた。よろめく西方を支えてくれる。

そのぬくもりに、この世界に光があることを思い出した。

残されているものはあった。

「帰ろ」

「……うん」

幸枝の小さな背中があたたかい。

「結婚が決まって実家にご挨拶に来た時、仁也くんがはじめて飛んだジャンプ台に連れてきてくれたよね」

「ああ……」

「あの時、わたし、はじめてジャンプ台を見たんだ。すごく高いんだって思った。こんな高いところから人が飛ぶんだってびっくりした。仁也くんがジャンプ台を見上げてる顔がすごくうれしそうで、あんまり似合ってて……、それで……、すごく怖くなった」

「…………」

「この人は、ここから飛んで、いつかそのまま空の向こうに行っちゃうんじゃないかって気がしてさ」

十歳の時、はじめて空を飛んだ。ジャンプ台の上で恐怖に震え、カンテから飛び出した時の爽快感に我を忘れた。あの瞬間から、西方仁也はジャンプの虜《とりこ》になった。

幸枝の肩に顔をうめたまま言った。

「幸枝ぇ……。おれさ。ジャンプ、やめるよ」

「……………」

「潮時ってやつなんだろうなぁ。食うためにテストジャンパーやって、そんで頃合いを見て適当に引退して、家で幸枝と慎護といっしょに過ごすよ」

「……………」

「そういう生活も――、ありだと思うんだ」

「ふうん」

「はは……。なんだよ、つれねえな。喜んでくれるかと思ってたのに……」

「なんでわたしが喜ぶのさ」

「お前、ジャンプに興味なかっただろ」

「ないよ」

「死ぬなって、おれに言ってくれたろ」

「言ったよ」

「だから、ジャンプなんてやめて、普通に仕事してさ……。そうだ。親父の民宿をおれも手伝えばさ……。長野でオリンピックもあるんだし、これから忙しくなるだろ」

「かもね」

「おれだって、何かの役には立つだろ。メダリストの従業員がいる民宿なんて、そうそうないし」

幸枝がポツリと言った。

「じゃあ、テストジャンパーなんてやめれば？　だって、やめるんでしょ。ジャンプ」

西方は戸惑う。

「え……？　いや、そんな簡単に言うなよ。ジャンプ業界と縁切ってどうやって食ってくんだよ」

「簡単になんか言ってない」

幸枝が足を止めた。まっすぐに前を見ている。

「どうした……？」

幸枝が言った。

「仁也くんが仁也くんでいられるなら、それでいいって言ってるんだよ」

西方は幸枝の肩から顔を上げる。幸枝は前を見ていた。

「わたしが好きなのは西方仁也だから。メダリストの仁也くんが好きなわけじゃない」

そう言われた。

「わたしは慎護といっしょに、西方仁也を見ていたいの」

2

「仁也、悪いけど今日一日、おれたちに付き合ってくれな」

親父にそう言われて、一日中飯山の町を歩き回らされた。寺やら神社やらをいくつも巡り歩く。その度に二人とも何やら熱心に祈っていた。親父も、おふくろもだ。

幸枝と慎護もいっしょだ。慎護はピクニックか何かと勘違いしているようでずいぶんご機嫌だ。

西方はソフトクリームを舐《な》めて体を震わす。冷たい。寒い。慎護が「食べる」というから買ってみたけど、一口食べたら「いらない」と言って西方に手渡してきた。だから慎護の代わりに西方が震えている。

両親の背中を眺め、雪を踏みながらゆっくりと歩いた。

大通りを歩いていたら、親父が急に振り返って遠くの方を指差した。

「ほら、見てみろ仁也。妙高山《みょうこうさん》がきれいだなぁ」

「うん？　ああ……」

地元の山だ。飽きる程見ている。指差している親父の背後にスポーツ用品店が見えた。店頭にスキーグッズが並んでいる。それを見て西方は笑ってしまう。

なるほど。だからか。

「仁也。笹《ささ》寿司食べるかい？」

今度はおふくろが聞いてきた。西方は少しだけ戸惑う。

「いや、さっき昼飯食ったばかりじゃないか」

その上今はソフトクリームも手に持っている。それでもおふくろは勧めてくる。

「でもほら。せっかくだから」

駅のベンチに腰かけた。

二人がトイレに消えた間に、西方は幸枝に言った。

「まったく……。ヘタクソだよなあ。うちの親父とおふくろは」

幸枝が慎護を膝に乗せて笑っていた。

「いいじゃん。ありがたいと思うよ。わたしは」

西方にもわかっている。精一杯の励ましなんだと理解している。

「うん……。ほんと、ありがたいよ。こんなおれを……」

幸枝が西方を向いて言った。

「それで、仁也くん、どうするの？　やるの？」

やっと言えた。小さく肯く。

「おれ……、やるよ。テストジャンパー、やってみるよ」

＊

——一九九八年二月二日　長野オリンピックまで、あと五日

民宿「白馬荘」。素朴な宿だ。なんだか実家の「愛徳」に雰囲気が似ている。

白馬八方のバスターミナルからスキー板を担いでここまで歩いてみた。たいした距離じゃないし、白馬の町の雰囲気を見るのにちょうどいいと思ったからだ。平日の昼間だっていうのに多くの人が町を歩いていた。飲食店、土産物屋、酒屋やスポーツ用品店まで、大勢のお客で賑わっていた。町を歩いているだけで、日本語以外の言葉も

たくさん聞こえてくる。普段は静かなはずの白馬村に、地熱のような活気がみなぎっていた。

オリンピックがはじまるのだ。

西方は一人、白馬荘の玄関前に立ち、白馬連峰の山々を眺めていた。山のふもとを滑り降りるスキーヤーたちが色とりどりの点になって見える。空気が冷たくておいしい。いい場所だ。

マイクロバスが、融《と》けかけた雪を潰しながら民宿の前庭に滑り込んできた。泥がはねて、西方は「うおっ」と声を出して慌てて道を空けた。停車したバスからわいわい大勢が降りてくる。皆思い思いの格好をしている。

最後に見知った顔が降りてきた。西方を見つけて、「おう」と短く声を上げる。

神崎コーチだ。

コーチが自分の肩をもみながら首をコキコキさせている。

「バスでの長距離移動は堪《こた》えるな。この歳になると」

「はは。おれも苦手なんで、一人で来ましたよ」

「そうか……。よかった。よく来たな」

西方は答える。

「ええ。まあ」

宿の主人に到着を告げると言って、神崎コーチが民宿の中に消えて行った。

「わー。すごいですね西方さん。見事にボロい」

まるでコーチが消えるのを待っていたみたいなタイミングで背中から声をかけられた。振り返ると、そこにいたのは強化合宿でいっしょだった神出鬼没の南川だ。額に手のひらをあてて宿を見上げている。夕方なのになぜか眩しそうな顔をしていた。

明るく言う。

「うわー。選手団の宿舎との差！　この差！　扱いのちがい！　笑えますね」

西方は若干戸惑いながらとりあえず言った。

「なんだよ南川。お前、なんでここに？」

南川が眩しそうな顔のまま普通に答えた。

「まー、西方さんと似たようなもんですよ。怪我が治ってから代表選考までに時間がなさすぎたんです。マジでクソですよ。オリンピックを一つ逃しちゃった。四年を無駄にしちゃった」

さわやかな笑顔でひどい事を言う。南川が笑っている。

何だか居た堪れない。

「そうか……。まあ、気持ちはわかるよ」

「ですよねー。西方さん、マジで悔しいですよね。おれ、雪印杯で西方さんが優勝した時、正直『決まった』って思いましたもん。室谷本部長とかほんとクソ。なに見て決めてんですかね。なんでおれや西方さんを選ばないかな。マジで死んでくれって感じですよね」

「お前……、そんなキャラだったっけ」

「吹っ切れたんですよ。この際、使えるものは何でも使ってやろうって。そっちがその気なら、こっちだって持ってるもの総動員してこの業界で成りあがってやりますよ」

神崎コーチが玄関先に戻ってきて、無言で右手を上げた。それを合図に皆黙る。民宿「白馬荘」の玄関前に、コーチを中心に据えて、テストジャンパー二十五人が半円になった。神崎コーチが「んんっ」と喉を鳴らす。

「遠路おつかれさん。えー、わかってると思うが、これから競技が終わるまでの二週間、お前たち二十五人のテストジャンパーには、ここで共同生活を送ってもらうことになる。当然、飛ぶのは毎朝だ」

南川が苦笑している。「はは。毎朝ですって」

「長野オリンピックは日本ジャンプ界の未来につながる大事すぎる大会だ。お前たちは表舞台には出ない。だが、裏方だからってオリンピックを支える重要な仕事だってことを忘れるな」

「はい！」

予想外に元気のいい返事がテストジャンパーたちから返ってきた。西方と南川は同時に苦笑する。ここにきてまだ、「何やってんだ、おれは」という想いが断ち切れない。自分たちの低すぎるモチベーションと、他のみんなの高い意識とのギャップに正直戸惑ってしまう。

南川が想いを代弁してくれた。

「はは……。みんな、やる気じゅうぶんですね。おれや西方さんとちがって」

神崎コーチに促されて自己紹介がはじまった。

一人ひとり、コーチの隣に立って挨拶していく。

「じゃあまずは、福田《ふくだ》」

「はい！　ぼくは、新潟国際スキー場でリフト整備のアルバイトをしながらオリンピックを目指しています。今回は、オリンピックのテストジャンパーという大役を任され、とても緊張しています。一生懸命頑張りたいと思います！　よろしくお願いします！」

まだ高校生くらいに見える青年が、叫ぶようにそう言ってガバリと頭を下げた。熱い。

「次。小林《こばやし》。自己紹介しろ」

「はい」

歩み出たのは制服姿の女の子だった。スカートの下に緑色のジャージが見えている。顔がまだ幼い。大股に雪を踏んでコーチの隣に立った。無言のまま全員を見回し、それから息を吸い込んではっきりと言った。

「小樽《おたる》工業高校二年生の小林賀子《よしこ》です！　長野オリンピックは憧れだったので、こうしてここにいられるだけでとても興奮しています。まだまだ実力不足かもしれませんが、ジャンプに対するソウルとパッションだけは誰にも負けません！　思いっきり頑張ります！」

テストジャンパーたちがどよめいている。西方も少なからずおどろいた。女子だからだ。スキージャンプで女子は本当に珍しい。「女子なんかはじめて見たよ……」と誰かが言っているのが聞こえる。

小林賀子が肩肘を張って言った。まるで何かを威嚇しているみたいだ。

「女子だからって、特別扱いは無しでお願いします！」

南川がコソコソと言ってきた。

「西方さん。女子ですよ女子。女子高生」

小声で言い返す。

「お前……、ルックスいいのに中身はおっさんだよな」

神崎コーチが妙に大きく口を動かして、「次。高橋《たかはし》」と言った。

「神崎コーチ、口の動き、大きくないか？」

「さあ。みんなのこと効率的に怒鳴るために発声練習でもしてるんじゃないすか」

すると、長身でがっしりした体格の青年が前に出てきた。コーチの隣に立って、コーチが肯くのを待ってから口を開く。

「高橋、竜二《りゅうじ》です。ぼくは難聴者です。耳がほとんど、聴こえ、ません」

みんながざわつくのがわかった。

「でも、ゆっくり話して、もらえば、くちびるの、動きで、わかります」

それで神崎コーチが口を大きく動かしていたのだ。隣で南川が不安そうにしている。目が「マジかよ…」と言っていた。

西方も反射的に不安に思った。ジャンプの時は五感をフル稼働する。雪の状態を見、風の音を聞き、空気を匂って味わい、肌に雪を感じて滑るのがあたりまえだからだ。

高橋が笑顔に変わって言った。

「ちなみに、自己ベストは、一三八メートル、です」

「マジかよ……」

南川が今度は声に出して言った。「おれよりぜんぜん飛んでるじゃん……」

凹《へこ》んでいる。神崎コーチが「南川!」と声を上げた。

西方は南川の背中をパンと叩く。

「自己紹介だってよ。お前、言いすぎるなよ」

「……わかってますって」

南川がみんなの前に出た。コホンと咳払いしてからよく通る声で続ける。

「白馬村スキークラブ所属の南川崇《たかし》です。えー、今回は代表に選ばれず残念でしたが、心機一転気持ちを入れ替えて、日本の金メダルのために、日本の皆さんの夢を叶えるために、縁の下の力持ちに徹したいと思います」

びっくりする。さっきまでとは別人だ。さんざん「クソクソ」言っていたくせに。

「皆さん! チーム一丸となってオリンピックを支えましょう。よろしくお願いします」

さわやかに言い切りやがった。皆が拍手している。そしてその拍手に包まれて、南川が笑っている。苦笑しか出てこない。すごいなコイツ。

　皆の挨拶が続いていく。本当にさまざまだった。出身地も所属も年齢も経験もさまざま。顔見知りもほとんどいない。言ってしまえば〝掻き集めてきた〟って印象だ。

　コーチが言った。

「ラスト。二十五人目。西方、来い」

「西方」の名前を聞いて、テストジャンパーたちがざわめいた。聞こえてくる。

「おい、メダリストだぜ……」

「なんでテストジャンパーなんか……」

　聞こえないふりをした。

「えー、西方仁也です。見たとこ、おれが最年長みたいなんで、皆さんのお手本になれるよう頑張るつもりです。よろしくお願いします」

　テストジャンパーたちのざわめきを掻き消すように、神崎コーチが声を張り上げた。

「よし！　明日の出発は六時半だ。飲んだりするなよ？　いいな！」

＊

炬燵《こたつ》を囲んで飲んでいたら、対面の南川が悲しそうに言った。

「せめて、つまみだけでも持ってくりゃよかったですね」

西方も同意する。熱燗《あつかん》はうまい。だけどそれだけじゃ何ともやるせない。

そうしたら、高橋が急に笑顔になった。バッグをごそごそ探ってタッパーを取り出す。それを炬燵の上にトンと置いて、無言でにゅーっと頬を持ち上げた。

タッパーを開けて、手を広げて促す。

「どうぞ」

西方は黒い棒状のものを一つ指先で摘《つ》まんでみた。摘まんだまま高橋を見た。

「なにこれ」

高橋がまた、「どうぞ」と言うから口に入れてみた。表面にゴマがふってある。コリコリする。シャクッという食感の後にだしがじんわり沁《し》みてくる。ごぼうだ。ごぼうを茹《ゆ》でて、砂糖と醤油で和《あ》えたものだ。

非常にシンプル。だがそれがいい。

「おお……！ うまいな。高橋、これすげえおいしい」

高橋がうれしそうだ。

南川も手を伸ばした。「いただきます」

目を見開く。口の中にごぼうが残っているうちに、あわてて熱燗を口に流し込んだ。味わって飲みこむ。

「いやこれ……、完璧だな。高橋。お前作ったの？ マジすごいなお前」

相当びっくりしたのだろう。早口でそう言ってから南川が親指をグッと立てて言い直した。

「最高。うまい」

高橋がしあわせそうに笑っている。笑顔のまま口を動かして、「ぼく、料理好きで」と言った。ゆっくりだけどちゃんと聞き取れる。

南川がそれを聞いてなぜか凹んでいる。

「ジャンプもできて料理もできてって……。なんなの？ スーパーマンかよ」

愚痴りながらまたタッパーに手を伸ばした。噛んで飲み込む。

「ちくしょう。やっぱうまいな」

言って、反らした背中を両腕で支えて天井に胸を向けた。

「あーあ。おれも、ジャンプ以外に何かおもしろいもの、見つけときゃよかったかなぁ……」

その気持ちはわからないでもない。南川と同じように、西方もジャンプ一筋でここまでやってきたからだ。生活のすべてが、いかに高く、いかに遠くまで飛ぶかにかかっていた。いままでずっと、金メダルのためだけに生きてきた。

南川が言った。

「西方さん……。なんで飛んでるんですか」

考えながら答える。少しずつ酔いが回って自分の言葉が自分のものじゃないみたいだ。

「わからないな。十歳の時からずっと飛んでるし、飛んでなかったことがないから」

「はは……。それ、何となくわかります」

南川が今度は高橋を向いた。高橋に向けて尋ねる。

「高橋は、なぜ、ジャンプを?」

高橋が「ん?」と小首を傾げた。それから唇を舌で湿してゆっくりと答える。

「アルペンが、できなかったからです」

南川が不思議そうな顔をしている。

「え？　なんで？」

南川の質問に、高橋は身振りを交えて説明してくれた。もともと高橋竜二は、アルペンスキーの選手を目指していた。だが、アルペンは雪の斜面を滑ってタイムを競うものだ。スタートの遅れが致命傷になる競技なのに、高橋には、スタートの号砲が聞こえなかった。どんなに努力したって、どんなに工夫したって、これぱかりは仕方がなかった。

笑顔のまま高橋が言った。

「だから、ジャンプに」

ジャンプ競技のスタートは、コーチの振り下ろす旗とシグナルだ。目で見える。だからだ。

聞き終えて西方は言った。

「でも……、アルペンが好きだったんだろ？」

「はい」

「じゃあ……、辛いだろ」

高橋がにっこり微笑んだ。ゆっくりと言う。

「でも、ぼくにはできない。ぼくは、できることを、全力で、やりたいです」

高橋が、ぐいと猪口《ちょこ》を空にした。とてもいい飲みっぷりだ。

笑っている。

「料理も、同じ。食べて。飲んで」

「しかしなんだな。まさかお前と同じ部屋とはな」

「はは。それはこっちのセリフですよ。西方さん」

高橋が潰れた。この六畳の部屋に男三人が同室だ。神崎コーチにああ言われたのに、同室になった記念だから飲もうと言い出したのは高橋だ。おかげでずいぶん打ち解けた気がする。高橋はいいやつだ。すいすい飲んでアハアハ笑って一番に眠る。気持ちよさそうに寝息を立てている。でも困る所が一つ。寝息っていうか、これはもういびきだ。

うるさい。

「にしても、狭い部屋ですねえ。完全に寄せ集めだし」

南川がかったるそうに部屋中を見回してから言った。西方はちびりと熱燗を口に含む。

「何がだよ」

「メンバーですよテストジャンプのメンバー。ぼくや西方さんみたいに代表候補まで行った選手なんか他にいませんもん。そこの高橋くらいじゃないですか？　有望なのなんて。他はもう、日本中から寄せ集めてきたって感じじゃないですか」

「………」

また一口、舌の上で転がして飲みこむ。ねばついてあんまりおいしくない。

「でもまた、なんでテストジャンパーなんか引き受けたんですか。西方さん」

目だけで南川を見た。適当に答える。

「そりゃまあ、日本のメダルを裏方から支えようと思ってだな」

「またー。いいですよそういうの。どうせスキー連盟にいい顔しときたかったんでしょ？　わかりますよわかります。ぼくなんか百パーそうですもん。純粋にそれだけですもん」

「自己紹介でめちゃくちゃきれい事言ってたじゃないか」

「感動したでしょ？」

「びっくりしたよ」

南川が笑っている。少しだけ声を低くして言った。

「みんな、テストジャンパーに前向きみたいですけど、ぼくはせいぜい怪我しないようにやるだけですよ。ぼくにはまだ次がありますし。怪我とかしたらつまんないですもん。テストジャンパーごときで」

また言われた。若い南川には次がある。だけど西方はちがう。次が無くなったから、テストジャンパーに選ばれたのだ。

——引退前の、セレモニーみたいなもんだよな。きっと……。

そう思えてしまう。だからまったく気が乗らない。

気持ちを変えたくて話題の方向を変えてみた。今日の顔合わせで様々なメンバーを見た。その中でも異彩を放っていたのは女子のジャンパーだ。しかも高校の制服を着ていた。確か……、小林って名乗っていたっけ。

南川に振ってみる。

「なあ南川。今日、女の子いただろ。確か高校生の」

「あー。小林賀子でしたっけ？　なんだ。ああいうの好みですか。西方さん」

「ちげーよ。あの子、なんでジャンプなんかしてるんだろうなって聞いてんだよ」

「どういう意味ですかそれ」

「だってお前、競技しようにも、出場する大会がないだろ」

「あー」

「オリンピックに女子の部は存在しないんだぞ。なのに、なんであの子は飛んでるんだ」

「あー。まー。好きなんじゃないですか。ジャンプが」

「どこまでいっても優勝とかメダルとかありえないのにか？　日本一遠くまで飛んでも〝記録なし〟なんだぞ。それでもか？」

「まー。そういう人もいるんでしょ。ぼくには気がしれないけど」

何だか腑《ふ》に落ちない。西方は無言で猪口の中身を飲みほした。

オリンピックに出られないのが確実だったとしたら、自分ならどうしただろう。

嫌な答えにたどり着きそうで、考えたくなかった。

口の中で呟く。

「ホント……。なんでおれたちは、飛んでるんだろうな」

3

まだ日も昇らぬ早朝、西方は右肩にスキー板を担いで雪の県道を歩いていた。まだ暗い町に小雪が舞って、街灯の光を浴びてチラチラ光っている。足は新雪を踏む。キユウキュウ鳴る。足音は一つじゃない。ザクザクと連続して響く。二十五人のテストジャンパーたちが、ジャンプ場に向かって進む音だ。

明け方の空に白い山々が浮かび上がってきた。山の中腹には開けた場所がある。そこに見える二本の長い長いスロープが、西方たちの目的地のジャンプ台だ。まるで空に駆け上がるための助走路みたいに、ぐうんと誇らしげに伸びている。

いつもは空《す》いているはずの駐車場なのに、今日は何台もの車で埋めつくされていた。もうすぐはじまる長野オリンピックのために、スタッフやマスコミが押しかけてきているのだ。早朝だというのに気が早い外国人の姿も見える。

今日からテストジャンプが始まる。二十五人のテストジャンパーたちは、早朝のシャンツェに集い、スロープに降り積もった雪を実際に滑って吹き飛ばし、選手たちのためにジャンプ台の状態を整えるのだ。

西方はリフトでスタート地点に向かっていた。山の頂上近くだけに朝日が射《さ》している。山の上から下に向かってだんだんと夜が明けていく。リフトの上の西方まで、もうすぐ朝日が届きそうだ。

隣で南川が大あくびしている。あくびした後、「寒っ」と体を縮めた。

リフトを降りるとすぐにスタートタワーの入り口だ。ここからエレベーターで上階に向かうのだ。スタートタワーの三階がラージヒルのラウンジになっている。三階と言っても、高さ一三八メートルのラージヒルと直結しているのだ。高層ビルの上階と同じだ。

南川が眩しそうな顔をしている。

「今日、いい天気っすね。風もないし」

「ああ」

光を浴びながら南川が愚痴っている。

「まったく……。景色だけはいいんだよなぁ」

「そうだな。朝のジャンプ台はいいよな」

「テストじゃなく、本番で飛べれば文句なしなんですけどね」

「それを言うなよ」

南川と話しながら、スタート地点に続くエキスパンドメタルの足場を歩いた。メッシュ状になっているから、細い足場はまるで空中を歩くようだ。慣れるまではこれだけで怖かった。カンカンとシューズが鉄網を打つ音。朝日を受けてキラキラ輝く雪解けの水滴。通路を抜けると視界が開ける。縦横の鉄骨だった視界が突然、白馬村と白馬連峰を一望できる圧倒的な景色に変わった。

白の世界だ。

先に到着していたテストジャンパーたちが、スターティングゲート脇の階段部分でジャンプの順番を待っていた。

「行きます」

短い掛け声といっしょに、テストジャンパーの一人がスタートを切った。最初に自己紹介した福田だろうか。真っ赤なジャンプスーツだ。背中を丸め、シャンツェを弾丸となって落ちていく。あっという間に小さくなって、そのままカンテを蹴って飛び立った。空を飛ぶ。飛ぶ。

小さくなってまだ飛んでる。気持ちよさそうだ。

続いて、高橋がスターティングバーに腰を下ろした。右手を上げてＯＫの合図をしている。

コーチングボックスで神崎コーチが旗を振る。

高橋が滑り出した。理想に近いフォーム。丸めた背中に沿って流れる空気が見えそうだ。カンテを蹴って飛び立った。高い。スキーがV字にバッと開く。そして速い。

きれいだ。すごく楽しそうだ。

ランディングバーンに着地した。きれいなテレマークを決めている。そのままブレーキングトラックまで、実に気持ちよさそうに滑って行く。豆粒になった高橋が、スキーを止めて振り返り、ゴーグルを上げた。見えないけど表情がわかる。きっと笑っている。

ジャンプが好きだった頃の、西方がそうだったから。

神崎コーチがトランシーバーに声を張り上げた。

「次、小林賀子！」

「はい！」

小林がスキー板をガチャガチャ鳴らしながらバーについた。唇をキュッと噛んでシャンツェを見下ろしている。

コーチが旗を振り下ろした。

「小林、行きます！」

腰を浮かせた。小林を見て西方は「へえ」と思う。まだ高校二年生だと言っていたし、女子のジャンパーなんかほとんど見たことがなかったから多少不安に思っていたのに、どうやらそれも杞憂《きゆう》だったようだ。シュプールを滑る小林の姿勢は美しい。小さな体をさらに小さくしてカンテに向かって速度を上げていく。カンテを蹴って飛び出した。

空中での小林を見て、西方は「ん？」と思う。斜面を下る姿勢の美しさに比べて、飛行時の姿勢がやや粗いように思えた。風を受けて小林の上半身が揺れている。ジャンプのカナメは姿勢だ。これが安定しないと飛距離だって出ないし、飛行の乱れにもつながってしまう。それに何より、ジャンパーにとって危険なのだ。

小林は器用にバランスを取って着地した。そのままランディングバーンを滑っていく。

神崎コーチがコーチングボックスから叫んだ。

「小林ぃ！　お前、飛ぶ時の姿勢が安定してねえぞ！　もっと一気に上半身を倒すんだよ！」

西方は「さすが」と思う。さすがは神崎コーチだ。西方が感じた違和感はこれだったのだ。カンテを蹴る瞬間の姿勢。空中に飛び出す一瞬の、上半身を倒す勢いが小林には足りないのだ。

「はい！　すみません！　頑張ります！」

遠くから賀子の声が聞こえてきた。

神崎コーチがまた叫んだ。

「お前、体を前に倒すのが怖ぇえんだろ！　怖がってるんじゃねえ！　そんなことやってっと、そのうち怪我するぞ！」

テストジャンプの初日。二十五人のジャンパーが一通り飛んで、皆のだいたいの技量もわかった。神崎コーチはジャンプの上手《うま》い下手にかかわらずほとんどずっと怒鳴りっぱなしだった。

特に小林賀子に対する当たりが強い。

「小林ぃい！　お前何回飛ぶ気だ！　ついさっきも飛んでただろうが！」

賀子が一ミリも笑わずに神崎コーチに言っている。

「バレましたか」

「バレるに決まってるだろうが！　お前はあれか？　すべり台の順番が待てない子どもなのか？」

「もっと練習したいんです」

神崎コーチが呆れている。

「熱意は結構だけどよ、限度ってもんがあんだよ！　連続して飛びゃあ上手くなるってわけじゃねえ。それにお前、隠してるけど完全に疲れてきてるだろ」

また賀子が言った。

「バレてますか」

「バレバレだよ。小林お前、疲れてくるとサッツの動きが甘くなるな。いいか。熱意だけじゃ飛べねえぞ。疲れたなら休め。一つひとつのジャンプに万全の体調で臨むのだって、ジャンパーにとって大切な資質だ。これが守れないやつは一流にはなれない」

賀子が大きな声で返事している。

「はい！　ご指導ありがとうございます！」

賀子の明るく元気な返事に神崎コーチが妙な顔をしている。いつも西方や原田に恨みの目で見られているから、さわやかな賀子にどう対応していいのかわからないのだろう。賀子と神崎コーチのやりとりを眺めながら西方は小さく笑う。さっき、神崎コーチは賀子に対する当たりが強いって思ったけど、それはちがった。神崎コーチは、小林賀子を強く育てたいのだ。

いつの間にか南川が隣にやってきていた。

「神崎コーチ、ずっと怒鳴りっぱなしですね」

「ああ。そうだな」

「彼女の言う〝ソウルとパッション〟、ちょっとばかり空回りしてません？」

まるで他人事《ひとごと》みたいに言っている。もうグローブも外しているし、ジャンプスーツも半分脱ぎかけだ。

西方は思わず尋ねた。

「なんだ南川。今日はもう飛ばないのかよ」

「さっき神崎さんも言ってたじゃないですか。疲れたら飛ぶなって」

「でもお前、まだ一回しか飛んでないだろ」

「一回飛んだからいいんですよ」

顔を逸らした。そのまま通路の奥に消えようとする。

「待てよ南川。サボってると神崎さんに怒鳴られるぞ」

「だからいいんですって。一回飛べば充分。テストジャンパーなんですよ？　テストで怪我しちゃ元も子もないじゃないですか。適当に手を抜かないと」

通路の入り口で南川が振り返った。ヘラヘラ笑っている。

「あ、そうだ西方さん。今日も飲みましょうよ。高橋に、なんかつまみ用意するように伝えときますから」

「お前なあ……」

南川が通路の奥に消えていく。影になって見えなくなった。

声だけ聞こえた。

「はは。ぼくはこういうやつなんですよ」

4

――一九九八年二月四日　長野オリンピックまで、あと三日

朝一番のテストジャンプを一通り済ませた後、リフト乗り場に戻ったらそこにマスコミが詰めかけていた。にょきにょき伸びたマイクとでっかいカメラがジャンプスーツ姿の男たちを追っている。

カメラマンの一人が道をふさぐように男たちの前に出た。レポーターが言う。

「いよいよ現地入りした日の丸飛行隊の皆さんに伺いたいと思います。原田選手、調子はいかがですか？」

先頭の男が立ち止まった。カメラに向かって何か言ってる。

「いいですよ。絶好調です」

原田だ。すぐ後ろで岡部と葛西も笑っている。斎藤と船木もいる。日本選手団のメ

ンバーが、ついに長野にやってきたのだ。

「あ、西方」

原田がこちらに気づいて手を振ってきた。西方は気づかないふりをする。あれだけ大勢の記者に囲まれている選手団に気づかないわけなどない。つまりこれは、原田に対する拒絶の意思表示だ。そう受け取られるとわかっていながら、手を振り返すことができなかった。

「いいんですか西方さん。原田さん、手、振ってますよ」

南川がやってきた。西方は無言でリフト乗り場から離れて行く。原田たち選手団がこれからリフトに乗るのなら、西方はそこに近づけない。

南川が西方に代わって原田に手を振り返している。その後で西方の後についてきた。

「やー。あからさま過ぎません？　西方さん」

「…………」

「原田さん、困ったような顔してましたよ」

ボソリと言った。「いいんだよ。あいつはもともとあんな顔なんだ」

南川が小首を傾げている。

「そうですかねえ。ぼくには、西方さんの方が辛そうに見えますけど」

何も言えなかった。無言の西方の肩を、南川がチョンとつついた。

「ほら、西方さん。小林が飛びますよ」

言われてシャンツェを見上げた。小林賀子がカンテを蹴るところだった。真っ黒いシルエットになって賀子が空に飛び出した。今日は特に飛型が不安定だ。体を前に倒しきれていない。ここからでも軸がぶれているのがわかるくらいだ。

南川が「あ」と呟いた。

ランディングバーンに着地する瞬間、賀子のスキーが「バン」と奇妙な音を立てた。着地のタイミングを誤ったのだ。斜面に脚をとられ、賀子の体が半回転した。バランスを崩してそのまま倒れる。体を横にしてランディングバーンを転がりだした。スキー板が二本とも弾け飛んだ。賀子の両腕が地面を打って跳ねている。斜面を滑り切って、そのまま雪の上に丸くなった。立ち上がろうとしない。

西方は我を忘れて駆け寄った。いつかの自分の怪我を思い出していた。

「大丈夫か、小林！」

南川もついてくる。無言だ。

丸まっている賀子が少しずつ手足を伸ばしていった。頭を上げようとする。

「無理するな。痛むところはないか？」

賀子が奇妙に唇を歪めた。笑おうとしたのだろう。

「だ……、大丈夫です。た、立てます」

賀子が西方の肩を借りてゆっくりと立ち上がった。西方はそれを見て心底ほっとする。あの時幸枝は、こんな気分だったのか。

「そうか。よかった」

隣で南川が震えていた。目で見てわかるくらいにガタガタと足を震わせていた。

「小林！　大丈夫か⁉」

医療スタッフを連れて、神崎コーチが駆け寄ってきた。賀子が苦笑いして、西方の肩を借りたままペコリと頭を下げる。

コーチに言った。

「だ……、大丈夫です。怪我してません。わたし、まだ飛べます」

神崎コーチが真正面から賀子を見つめた後、意を決したように言った。

「ダメだ。お前はメンバーから外す。小樽に帰れ」

賀子の表情が凍りついた。西方の肩から離れ、コーチに縋《すが》り付く。

「嫌です！　わたし、もっと頑張ります。だからテストジャンパーを続けさせてください！　お願いします！」

「ジャンプが安定しない選手にテストジャンパーを続けさせるわけにはいかん」

「なら練習しますから！　みんなの何倍だって練習して、きっと安定して飛べるようになってみせますから！」

「どうやってだ」

賀子が西方を振り返った。その目が熱い。

「西方さん。わたしにジャンプ、教えてください」

懇願と脅迫が混じり合ったような目だ。西方は賀子の勢いに圧倒される。

「え……？　教えるったってお前……。本番まであと数日しか」

賀子は折れなかった。

「南川さんにも、みんなにも教えてもらいます。どうしたら上手くなるか教えてもらって、何としても本番までに、今よりずっと上手に飛べるようになってみせますから」

賀子の熱意に呑《の》み込まれた。

唇を嚙んで賀子が言った。

「わかってるんです。わたしだって」

「……？」

「わたしのジャンプが安定しないのは怖がってるから。飛び立つ時、体を前に倒しきれていないからなんだって」

神崎コーチがじっと賀子を見ている。

「その壁、本番前に打ち崩してみせます。だから……！　わたしにジャンプを教えてください！」


食堂で、賀子がものすごい勢いで飯を掻き込んでいる。味噌汁でぐいぐい飲み込む。むせながらそれでも食べ続ける。

西方は呆気にとられてそれを見ていた。対面に座っている賀子が珍しい動物みたいに見えてきた。自分の夕食はまだ手つかずのままだ。

南川がおそるおそるという感じで賀子に話しかけた。やっぱり野生動物に接するみたいな態度だ。

「小林……。お前、それちゃんと噛んでんの？　ぜんぶ飲み込んでない？」

むしゃむしゃしたまま睨むようにして賀子が答える。

「噛むとお腹がすぐ膨れちゃうんです。だから飲んでます」

「いや意味わからないんだけど……」

「食べないと、強くなれないじゃないですか」

「いやまあ、それはわかる気がするけど……」

西方は苦笑する。極端なんだよ、やることが。

さわらの西京焼きを箸で突き刺し、百舌鳥《もず》のはやにえみたいにしながら賀子が言った。そのままの姿勢で食堂のテストジャンパーたちを一通り見回す。

「それで皆さん、いいジャンプのコツを教えてください」

もぐもぐしたままだ。どうやら食事とスキルアップを同時にこなすつもりらしい。

そして本気で、メンバーたちからジャンプのヒントを得ようとしているらしい。

西方が代表して答えた。みんなの戸惑いを代弁する。

「いいジャンプっつったってお前……」

西方もみんなを見回した。みんな苦笑したり困惑したりしている。少し離れたテーブルで、一人で黙々と夕食を食べている高橋と目が合った。高橋が西方の視線に気づいて、箸を置いて近づいてくる。

西方の隣に立ってにこにこしながら言った。

「西方さん。何ですか?」

西方は高橋を見て、それから賀子を見てゆっくりと言った。

「小林が、どうしたらいいジャンプができるのか、教えてくれってさ」

賀子が燃える目で高橋を見ている。ぐいと味噌汁を飲み込んだ。

高橋がにっこり笑って賀子に伝えている。人差し指を立てて言った。「頭の中、からっぽに」

どうやら、「飛ぶ時は何も考えないのが一番」と言いたいらしい。聞き終えて賀子が目を光らせた。箸で高橋を示す。

「それ！　どういうことですか？　邪念があると飛べないってことですか？」

その箸で今度は里芋を突き刺した。頬を膨らませたまま高橋の返事を待っている。

高橋が頭をひねっている。

「ううん……。頭で覚えるんでなく、体が良いイメージの姿勢を覚える……、かな」

賀子が口の中のものをゴクリと飲み込んだ。

「なるほど……。真理ですね。ソウルとパッションに火がつきます」

高橋が今度は南川に話を振った。

「南川さんは？」

南川が困惑している。「ううん……。あんまりそういうの考えないんだよなぁ……。まあ、しいて言うなら成功したジャンプのイメージを思い浮かべるとか、そういうのかなぁ……」

別のテーブルから福田が寄ってきた。「ぼくは積み重ねてきた練習を思い浮かべてますね」

もう一人。「おれは南川さんと同じかな。イメージトレーニングって大事だぜ」

みんな賀子のテーブルに集まって、わいわいジャンプ談義が始まった。賀子が一人ひとりの意見に「なるほど」とか、「ソウルとパッションですね」とか言っている。わあわあ言いながら時折笑い声が起きる。なんだかすごい光景になってしまった。でもみんな、すごく楽しそうにジャンプを語っている。

心地いい空間だった。

みんなのアドバイスを受けながら、賀子が大量の夕食を完食した。ぐいっとお茶を飲んで、テーブルに手をついて西方に身を寄せる。

「議論はだいぶ煮詰まりました。それで、西方さんのご意見は？」

急に話を振られた。テストジャンパーのみんなも西方の答えを待っている。

鼻の頭をポリポリ掻きながら言った。

「うーん。まあ、あれだな……。高橋の言うように、飛ぶ前から無心になっている時はまあ……、いいジャンプができるな」

食い気味に言われた。

「どうしたら無心に？」

「だから、日頃のトレーニングで体にしみこませるんだよ。いちいち頭でフォームなんか考えてたらその分だけラグが出る。イメージと実際の姿勢にも誤差が生じる。ジャンプはさ、一瞬の競技なんだよ。だから、体の方に覚えさせるんだ」

賀子が西方を睨んでいる。いや、睨んでいるように見えるくらいに真剣なのだ。

「つまり、練習あるのみと？」

なんだか面倒くさくなってきた。西方は適当に答える。

「あー、まあ……、そういうことかなぁ」

西方がそう言ったら、賀子は民宿の裏庭で練習をはじめた。チューブを使ってサッツの動きをくり返している。宿の薄い壁を隔てて賀子の息遣いが聞こえてくる。

夜、二十三時だ。

西方はフリースを羽織り、厚手の靴下にサンダルをつっかけて裏庭に回った。賀子の体から湯気が出ている。暗い夜に白い霞が賀子の全身を包んでいた。風は冷たい。

「小林……。いくらなんでもやりすぎだよ、お前」

賀子の背後に立って言った。賀子は練習を止めない。

「だって、そうしないと上手くなれないじゃないですか。上手に飛びたいんです。わたしは」

「だから……、無理して飛ぶ必要なんかないんだよ。テストジャンパーなんだぞ。記録もかかってなきゃ、みんなの期待も背負ってない。どうでもいいんだよ、テストジャンプなんて」

鋭く言われた。

「どうでもよくない」

西方はちょっとだけムッとして言う。

「何でだよ」

「わたしにとっては、これが本番なんです。ラージヒルのジャンプ台でどれだけ飛べるのか、わたしにはこれしかチャンスが無いんです」

練習を続けたままそう言った。賀子の息が切れている。

「わたしのこと、空回りしてるとか、ムダなことをしてるって言う人がいるのも知ってます。反論してやりたいけど、反論しきれないっていう自覚もあります」

練習をやめようとしない。

「でもわたし、ムダだと思えないんです。できることは何でもやりたい。どこまでできるのか、自分に自分の限界を試させてやりたい」

自分に言い聞かせているみたいだった。

「わたし、オリンピックに女子のスキージャンプ競技ができるまで、絶対にジャンプ、やめませんから」

＊

高橋のスキーが、シュプールに降り積もった雪を弾き飛ばしている。高橋がカンテを蹴った。高く、遠くに飛んでいく。風に乗って、まるで飛行機みたいだ。

高橋が着地するのを見届けて、神崎コーチがスターティングゲートに目を向けた。ゲートにはテストジャンパーたちが集まっていた。西方もいた。賀子もいる。南川が、高橋のジャンプを見て、他人事みたいに「ひゃあー」とか言っている。

なんとなくという感じに空を見上げて、南川がブルッと体を震わせた。それから「寒っ」と一言呟いて通路に戻って行こうとする。賀子が気づいて呼び止めた。

「南川さん、どこ行くんですか？　飛ばないんですか？」

南川は立ち止まらなかった。

「風吹いてるじゃん。こんな中飛んだら危険だろ？」

賀子の声が強くなった。

「この程度の風で？　高橋さん、いま、きれいに飛んだじゃないですか」

「じゃあ、寒いからだよ。体が冷えちまった」

「じゃあって何ですか⁉　わたし、知ってるんですよ。南川さん、どうせサボりたいだけなんでしょ？　いっつもそう。なんだかんだ理由付けて飛ぶの拒否して。そうやってみんなの和を乱すのやめてください」

「和って何だよ。これ、テストジャンプなんだぞ。テストで怪我なんかしたら目も当てられないだろ。おれはお前らとちがって次のオリンピック狙ってるんだ」

「そんなの……、みんなだって同じ……」

「いーやちがうね。ここにいるやつらは使い捨ての駒なんだ。怪我したって構わない、どうでもいい連中が集められてんだ」

南川の言葉は西方にも刺さった。西方は前に出て言う。

「南川……、そんなこと言うな」

南川に睨まれた。

「言いますよ。西方さん、あんただって思ってるでしょ？　西方さんだって、『年齢的に、もう次のオリンピックは無理そうだから、使えるうちにテストジャンパーとして最後まできれいに使い切っておこう』って連盟に思われてるんですよ。馬鹿にしやがって」

「南川。黙れ」

神崎コーチがいつの間にかコーチングボックスからスターティングゲートまでやってきていた。グローブのはまった手で南川を示す。顎をくいとスターティングバーの方に向けた。

「お前、飛んでみろ」

南川が顔色を変えた。

「嫌ですよ。聞いてたんでしょ今の話。ぼくは飛びませんよ。連盟のいいように使われてたまるもんか」

「いいから飛べ。これは命令だ」

「あんたにそんな権限ないでしょ」

「これはテストジャンプじゃない。お前の、ジャンパーとしての適性のテストだ」

「……………」

「お前、本当に飛べるのか」

まるまる五秒もじっと見つめ合った後、南川が無言でスターティングバーに近づいていった。シャンツェを逆流して風が吹き上げてくる。真っ白な崖を前に南川が大きく息を吸い込んだ。神崎コーチが腕を組んでバーの上の南川を見ている。

「どうした。早く飛べよ」

バーを摑む南川の両手が小刻みに震えていた。西方はそれを見て気づく。

飛ばないんじゃない。

飛べないんだ。

南川が顔をうつむけた。そのままバーに手をついて、バーに尻をこすりながらゲート脇の階段部分に戻ってくる。顔を上げようとしなかった。神崎コーチが、戻ってきた南川を無言で見ている。

「どうした。飛ばないのか」

「ち、ちょっと調子が……」

神崎コーチの目が冷たかった。「そうか。なら宿舎に帰れ」

西方はそれを見て思う。コーチは察しているのだ。

「……帰ります」

南川がスキー板を肩に載せて、西方たちに背中を見せた。その背中に神崎コーチが言う。皆に聞こえるような大きな声だ。

「いいか。これは普通の大会じゃない。オリンピックなんだ。それも、札幌以来の自国開催だ。日本中が見ている。選手たちは、その重圧に耐えて必死に戦うんだ。この大会に、日本ジャンプ界の未来がかかっている」

断言した。

「テストジャンプはただの裏方じゃない。全うできないやつはいまのうちに出て行け」

それを聞いて、思わず口に出た。

「……神崎さん。それ、誰に向かって言ってるんですか」

神崎コーチが西方を振り返った。やっぱり冷たい目をしている。「お前たち全員にだ。西方、もちろんお前にも言っている。テストジャンプの役が完璧にこなせないなら、たとえお前だって任から外す」

「日本のためとかジャンプ界の未来とか……。それはそんなに大切なんですか」

「…………」

「南川の気持ちも考えてやってください。あいつはずっとオリンピックを目指してやってきたんだ」

コーチが言った。

「そうだな。お前といっしょだ」

「おれたちが……、どんな気持ちでテストジャンパーやってると思ってるんですか」

「なんだ。銀メダリストにこんなことやらせるなとでも言いたいのか？　お前が銀獲った時も、こうして飛んでたテストジャンパーがいたんだよ」

その一言で何も言い返せなくなった。神崎コーチの目が鋭い。

「いいな。さっきの言葉は本気だ。取り消さない。お前たちが完璧に任を果たさなきゃ選手たちは競技できないんだ。お前たち二十五人は、その背中にオリンピックを背負ってんだよ」

＊

寒さに身を縮めながら白馬荘の渡り廊下を歩いていたら、遠くから賀子の金切り声が聞こえた。西方は慌てて駆けだす。

「なんで来たの！」

部屋の前の廊下で、部屋着姿の賀子と厚手のフリースを着こんだ男が揉《も》み合っていた。西方はとりあえず二人を引きはがした。賀子が鋭い目で男を睨んでいる。男の方は息を上げていた。

「小林、どうしたんだ？」

賀子は答えない。男をじっと睨んだままだ。

男の方が息を整えてから口を開いた。

「お騒がせしまして……。この子の……、小林賀子の父親です」

思わず賀子に目をやった。似ていない。けど、よく見れば目元に面影がある気がする。「え……？　お父さん……、ですか？」

「はい。賀子の父の、小林高広《たかひろ》と申します」

そう言って、ずいと前に歩み出た。西方に寄り添っている賀子の腕をむんずと摑む。

ぐいぐい引いている。

「さ。帰るぞ、賀子」

賀子が全力で抵抗している。

「いやだ。帰るわけないじゃん！　これから本番なんだよ」

「お前が父ちゃんに相談もせんで勝手にはじめたのが悪いんだ」

「相談したら、お父さんはわたしを止めるじゃない！」

高広さんが振り返った。大声で言う。

「そりゃあ止めるさ！　あたりまえだろ！　娘をわざわざ危ない目に遭わせるバカがいるか！」

賀子が身を固くした。高広さんが西方を見る。

「こいつは……、テストジャンパーをすること、私に内緒にしとったんです。私が単身赴任で家にいないのをいいことに……。こいつが皆さんに迷惑をかけとるんじゃないかと心配で」

「迷惑なんてかけてない！」

「現にいま、充分迷惑かけてるべさ！」

「お父さんのせいでしょ!?　わたしはちゃんと飛んでテストジャンパーとしての役割をこなしてる！　見もしないで適当なこと言わないで！」

高広さんの顔が赤い。

「言ったたろ。父ちゃんはお前のジャンプは見んって」

「なんで」

「お前が『ジャンプをしたい』なんて言い出した小学生の頃から、父ちゃんはずっと反対しとろうが。お前は女なんだ。女がジャンプなんかする必要ない」

「必要とか不要とか、そういうことじゃない！」

「なら言い直すさ。無駄なんだ。どうせお前はオリンピックには――」

賀子の肩がビクリと震えた。目の中に父親が映っている。目尻がピクピク震えている。何かを必死にこらえているのだ。

「今、やってることだって、結局はテストジャンプでしかなかろ？　本番とは関係ない。ただ本番と同じ場所で飛んでるっちゅうだけだ。これがお前の言うオリンピックか？　誰にも見られもせんし、褒められもせんし、ただ危ないだけのこんなテストジャンプが」

賀子が顔を真っ赤にしていた。肩を震わせて吐き出すようにして言う。

「最っ低……！」

あの後、賀子は部屋に閉じこもってしまった。取り残された西方は、高広さんと話をしてとりあえず今日のところは引き下がってもらった。冷静になれって言ったってなれっこない。互いの想いが真正面からぶつかり合っているのだ。

夜が更けて、西方は白馬荘の裏庭に出てみた。最近の賀子はいつもここで練習をしている。賀子の気持ちは本物だ。彼女なりの信念なのだ。だからきっと、あんなことがあった今日だって、賀子はここにいる。

賀子はまた、チューブを使ってサッツの練習をしていた。息が弾んでいる。

西方に気づいた。

「……師匠」

「シショー？」

「あ。ごめんなさい。西方さんのことです。西方さんは、わたしのジャンプの師匠ですから」

「はは。なんだそれ」

縁側に腰掛けて、賀子の練習をしばらく眺めた。

ひたすら練習に打ち込む賀子を見ていたら、なぜか慎護の顔が浮かんできた。「大ジャンプ」とはしゃいでいる慎護の姿だ。賀子を見ていると、第三者である西方だって不安になる。怪我でもしたらどうするんだって思ってしまう。こんなに心配するくらいなら、いっそ、飛ばないでほしいと願ってしまう。

「なあ……。親父さんの気持ち、本当はお前もわかってるんだろ」

思わずそう尋ねていた。チューブを引いたまま賀子が答える。

「あの人は……、わたしの夢を、応援してくれないんです」

賀子の声が呼吸に合わせて弾んでいる。

「本当にわたしのことを思ってくれるなら、わたしの夢を応援してほしい。さっきだって、あの人は『どうせオリンピックには出られないんだ』、『お前のやっていることはぜんぶムダなんだ』って言おうとした。許せない」

言葉が出なくなった。

賀子が息を弾ませている。

「だからわたしは、こうやって思いっきり抗《あらが》うんです。あの人が何と言おうと、わたしは絶対にジャンプ、やめませんから」

練習を止めようとしない賀子を見て西方は思う。この子は強い子だ。もしかしたら自分なんかより、ずっと強いのかもしれない。

賀子は決してずば抜けた選手じゃない。飲み込みがいいわけでも天性のセンスを持っているわけでもない。けど、賀子は自分で決めたことを続けられる。遅いけど、確実に成長を続けることができる。それは何物にも代えがたい才能だ。

腰かけたまま、静かに言った。

「だから、お父さんに黙ってテストジャンパー引き受けたのか」

「だって……。本当のこと言っても、許してくれないですから。あの人、試合だって、一度も見に来たことないんです」

「そりゃあ……。かわいい娘が危険な競技に挑む姿を見てられないってことだろ」

言葉を選びながら伝えた。どっちの気持ちも西方にはわかる。慎護が飛びたいと言い出したらどうするんだと幸枝に言われたことがある。だけどその一方で、飛びたい気持ちを抑えられない賀子の想いも痛いほどにわかるのだ。

賀子が西方をじっと見てから言った。

「わたしだってわかってます。わかってるけど、ここで諦めちゃったら、わたしはもう、わたし自身に顔向けできない」

熱い何かを胸に秘めている表情だった。ぐっと耐えるようにして賀子が言う。

「嫌なんですそんなの……！　わたしにとっては、このジャンプはテストじゃない。大切な、オリンピックの大舞台なんです」

「テストジャンプが、オリンピックの舞台？」

西方がそう聞き返しても、賀子は揺れなかった。強い顔のまま、「はい」と答える。

言葉が出てこなかった。

迷いは、西方の方にあるのかもしれなかった。

歳を重ねるとだんだんわかってくる。
悩みの無い人間なんていないんだって。

＊

南川があぐらの足に顔を埋めるみたいにして背中を丸めていた。六畳の部屋には、西方、南川、高橋の三人がいる。いつもの部屋、いつもの三人だ。ただ、今日は雰囲気がちがった。南川はずっとしおらしいままだ。いつもみたいに茶化したり斜に構えたりもしない。

炬燵の上に高橋がドンと酒瓶を置いた。オレンジの瓶に部屋の蛍光灯が映っている。聞けば、今日の南川と神崎コーチの一件を知って、腹が立ってコーチの部屋から無断で持ち出してきたという。そんな話をうれしそうに笑いながらする。

「やるな高橋」

高橋が笑っている。西方は高橋を頼もしく思う。同時に心の底から、「いいやつだ」と思った。南川が何も言わずとも、高橋は南川の気持ちをわかってやっている。南川が飛べないのを知りながら、それを口に出さずに励まそうとしてくれる。

「全部、飲みましょ」

笑いながら言った。こっちまで笑ってしまう。

「全部飲んだらバレるだろ」

高橋が大げさに首を左右に振った。

「ウーロン茶入れとけば大丈夫」

南川がやっと笑ってくれた。

「高橋って、まともそうな顔して結構ヤバいやつだよな」

ちびちびウイスキーを舐めながら話した。建設的な話じゃなくたって、前向きな話じゃなくたっていい。話す事そのものが大事な時だってある。

頬を染めた高橋が、リレハンメルの話を聞きたいと言い出した。

西方は少しだけ戸惑ってから答える。

「リレハンメル？　なんだよ今更」

高橋の代わりに南川が言った。

「リレハンメルは、おれらにとっては伝説ですからね」

なんだか照れる。

「ううん……。実はさ、正直なところ、あんまり覚えてないんだよ。とにかく夢中でさ」

　高橋が真剣な表情で西方を見ている。

「覚えてるのは、着地した瞬間かな。歓声がさ、聞こえたんだ。地面が震えるような大歓声でさ。あれだけは忘れられない」

　南川が呟くように言った。「すっげ……」

　高橋が何だか悲しそうに笑っている。

「うらやましいです」

　高橋を見て気がついた。高橋には歓声が聞こえないのだ。

「そうか。悪い」

「いいえ」

　南川が視線を落としていた。あぐらにした足を小刻みに上下させている。

「おれ……。また、観客の声、聞けるのかな」

　高橋が南川の目を見てゆっくりと微笑んだ。やっぱりゆっくり、でもはっきりと言う。

「大丈夫。南川さんは、できる」

　溶けて浸《し》み込むような言葉だった。

「そうかな……」

「ぼくが、保証します。大丈夫」

南川が笑った。

「高橋って不思議なやつだよな。お前に言われると、なんか、ほんとに大丈夫な気がしてくる」

高橋が笑みを浮かべている。深みのある不思議な笑顔だ。

ゆっくりと言葉を選んで、高橋が語り出した。

自分の耳を指さしている。

「ぼくは、このせいで、やりたくても、できないことがいっぱいあったから。自分にできなくても、できる人がやってくれた方が、うれしいです」

笑っている。

「だからぼくは、人を応援するの、好きなんです」

そう言った。

「ぼくは、聞こえない。だけど、飛ぶ喜びは、みんなといっしょですよ」

高橋の言葉が西方の耳に残った。新鮮な響きだった。

「飛ぶ……、喜びか」

高橋が笑っている。

「いつか……。ぼくも、大歓声、聞いてみたいです」

また高橋が最初に潰れた。南川を部屋に残してトイレに行こうと廊下に出たら、なぜかそこにウイスキーの空瓶を手に持った神崎コーチが立っていた。西方と目が合う。ウイスキーの瓶を軽く持ち上げた。

「おう」

「どうも」

西方は気まずい。ていうか、テストジャンパーたちに「飲むな」と言っておきながら、なんでこのコーチは普通に飲んでるんだ。どうしてもウイスキーの空瓶に目が行ってしまう。

神崎コーチが西方の視線の先に気づいたようだ。

「なんだよ……。いいんだよおれは飲んでも」

何も言ってないのに先に言い訳された。神崎コーチの顔が赤い。

「ていうか、どうせお前も飲んでるんだろ？　ちょうどいい。お前、ちょっとおれの部屋来い」

「え？」

思いがけないことを言われた。できれば行きたくない。

「いいから来い。たまにはいいだろ。差しで飲むのも」

また心の中を読まれた。「ちょっと待ってろ」

神崎コーチが食堂に空瓶を持って行って、新しいウイスキーを手に戻ってきた。

「部屋にもう一本あったと思ったんだがな。いつの間にか飲んじまったみたいでな」

そういうことか。西方は苦笑する。高橋の罪がこんなところに影響を及ぼした。

しかたないので付いて行く。

部屋に入り、テーブルを挟んでおそるおそる腰を下ろした。神崎コーチの目が半分くらい据わっている。

グラスにどぼどぼウイスキーを注がれた。「ほれ。飲め」

「あ……。いただきます」

しばらく無言で飲んでから探りを入れてみた。

「神崎さん……、もうだいぶできあがってますよね」

そう言ったら、神崎コーチが妙な感じで声を高くした。若干呂律《ろれつ》が回っていない。

「んん？　何がだ？　人間がか？　人間ができあがってるってか？　ヒヒ……。悪《わり》ぃなあ西方ぁ。おれぁコーチなんかやってっけど、人間はぜんぜんできてねえ！　断言できる！　ダメコーチだ！」

「うわあ……。神崎さん、変な方向に酔ってますね」

「原田がよう。原田が言ったんだよ」

突然妙なことを言い出した。思わず聞き返す。

「はい？」

「おれぁみんなで飛んでんだって」

「……はい？」

神崎コーチがグラスのウイスキーに目を落としている。

「あいつはなぁ……、ジャンプを始めたころから今日まで、根っこのところはずっと変わってねえ。すげえ弱えんだよ、あいつ。弱えから、一人で飛ぼうとしねえんだ」

意味がわからなかった。

「あいつはな、いつだってみんなで飛んでんだ。だから失敗すると悔しいって泣くんだ」

グラスに向かってずっと話している。西方は口を挟まずにそれを聞く。

「だからな……、わかってやってくれよ、西方。お前も飛んでんだよ。お前のオリンピックは、まだ終わってねえんだ」

そう言われた。

「なあ、西方。お前はいったい何を背負って飛んでんだ?」

答えに詰まった。考えてから言う。

「いや……、おれは日本代表の選手じゃないから……。背負ってるものなんて……」

「じゃあ何か。お前は何も背負わねえで飛んでんのか。命をかけてまで」

少しだけムッときた。神崎コーチを睨みつけて言う。

「ちがう」

コーチが細い目でじっと西方を見つめた。

「じゃあ何だ。言ってみろ」

ゴクリと唾を飲み込んだ。口にするのに不思議と決意が要った。飛ぶ時の気持ち。十歳の時、はじめて飛んでから今日まで、ずっと変わらなかった唯一のもの。飛ぶことで得られ、おれをおれという人間にしてくれたもの。

絶対に、失いたくないもの。

一つしかなかった。

「誇りだ」

神崎コーチがニヤリと笑った。グラスに残ったウイスキーを一息にあおる。熱い息を吐き出した。

「なんだ。お前、まだ死んでねえんじゃねえか」

口に出したらなぜか気持ちが落ち着いた。ずっと胸に抱いていた想い。それを言葉にしたのははじめてだった。急に心がすっきりした。霧が晴れたみたいだ。

少しだけ笑って言う。

「はは……。何ですかそれ」

神崎コーチが妙にうれしそうだった。ニヤニヤしながら西方に言う。

「ま、飲め。今日はおれが許す」

つられて西方も笑顔になった。神崎コーチの顔が赤い。

「……どうも」

グラスに残ったウイスキーを喉に流し込んだ。熱い液体が喉を伝って胃に落ちる。血が廻《めぐ》るのを感じた。

自分が生きているのを、久しぶりに思い出したみたいだった。

5

まるで高い高いをしているように、掲げられた西方の両手の上に前傾姿勢の賀子が乗っている。ジャンプでカンテを蹴って飛び出す時の姿勢の確認、空サッツだ。賀子の腹筋がプルプル震えている。それが手のひらに伝わってくる。声も同じくらいに震えている。

「ど……、どうですか、師匠」

西方は小さく「ううん」と唸る。

「もっと前傾姿勢になれないか？　上半身をグッと一気に倒すんだよ」

「こ……、これ以上はちょっと」

また唸る。「うーん。お前、もうちょっと腹筋と背筋を鍛えろよ。あと大腿筋《だいたいきん》もな」

西方の頭の上から賀子の途切れ途切れの声が落ちてくる。

「は……、はい」

賀子を降ろしてペットボトルの蓋を開けた。賀子に言う。

「よし。ちょっと休もう」

石畳に腰を下ろして、賀子がぐったりしている。西方は心の中だけで笑って、賀子にスポーツドリンクのボトルを手渡してやる。

「ほれ」

賀子の手が伸びてきた。真っ赤なグローブの右手だ。「どうも」

あんまり赤いから、思わず言っていた。

「お前のグローブ、珍しい色だな」

賀子がグローブの両手を擦り合わせている。

「はい……。これ、お父さんに買ってもらったんです。ずいぶん前だけど」

「あのお父さんが?」

賀子が笑った。

「意外ですよね。でも、すごく言い訳してました。『お前のジャンプのためじゃない。寒そうだから買ったんだ』って」

西方も笑ってしまう。「はは。そうか」

賀子がグローブに目を落としている。

「まあ……、意外に手に馴染《なじ》んでるんで、愛用してますけど」

「そうか……」

賀子が顔を上げた。表情に滲《にじ》んでいる疲れを吹き飛ばすように元気に言う。

「さ！　師匠、続きをお願いします！　今日の課題は空中での前傾姿勢！　ものにしてみせますよ。絶対！」

賀子の明るさはまわりを照らす。はじめは厄介だと思っていたのに、いつの間にか西方もこうして賀子の練習に付き合っている。そしてそれを、楽しいと思い始めている。

笑いながら言った。

「その、師匠って呼び方やめてくれよ」

賀子の笑顔がはじけている。

「いいんです。西方さんは、わたしのジャンプの師匠ですもん」

＊

夕刻だ。もうすぐ夜になる。

ラージヒルのジャンプ台のてっぺん。遮るものの何もない小さなスペースに西方はべたりと尻をついて、足を投げ出して座っていた。そのまま尻をずらして横になる。空が見える。晴れた夕空は底なしに高い。見上げていると、自分の体から心が抜け出して空に向かってすうっと飛んでいきそうだった。空はどこにも行かない。ずっとそこにあるだけ。いつ、どんな時でも手が届くところにずっとあるのに、手を伸ばしても摑めない。目の前にあるのに。ずっと、そこにあり続けているのに。

「西方さん。なにしてんすか。こんなとこで」

いつの間にか南川がやってきていた。目の中全部が空だったはずなのに、南川の上半身が視界に被さって半分見えなくなる。思わず笑ってしまった。南川が顔の前で手をヒラヒラさせている。

体を起こしてから言った。

「お前こそ。何でこんなところに来たんだよ」

「西方さんと一緒ですよ。なんとなくです」

「なんとなくでジャンプ台の上に来るっておかしいだろ」

「あはは。そうですよ。おかしいんです。おれらは」

ガシャリと鉄網を踏む足音がした。西方と南川は同時に振り返る。

そこに高橋が立っていた。並んで座っている西方と南川を見て不思議そうに首を傾げる。

「なんで、みんないるの？」

南川が笑っている。

「高橋も？　やっぱなんか変な磁場でも出てるんじゃないすか。この場所」

西方も笑う。「かもな」

「なあ、高橋。今日の夜も何か食わせてくれない？」

南川の言葉に高橋がニーッと唇を曲げて笑った。「夕食の、後、作ります」

南川がものすごくうれしそうな顔になった。

「何作ってくれんの？」

「ちくわに、チーズ詰めて、ポン酢で、味付けしたのです」

想像したのだろう。それだけで泣きそうな顔になった。

「絶対うまいやつじゃん。やっぱ高橋、つまみ界の神だわ」

雑談していたら、また足音が聞こえた。西方と南川が振り返るのを見て高橋も顔を向けた。

「わ！」と弾むような声がした。

「なんでみんなここにいるんですか」

小林賀子だ。賀子までやってきた。苦笑いしてしまう。何なんだこの集まりの良さは。オリンピック本番を控えると、テストジャンパーはジャンプ台の上に集まる習性でもあるのか。おかしくなってしまう。

みんなの思いが伝わる。

賀子がウェアの尻を撫《な》でながら腰を下ろした。目だけをクルリと西方たちに向け、ため息をついてから言う。

「あーあ。わたしが見つけた、わたしだけのスポットだったのに」

西方は南川と顔を見合わせた。賀子の言葉の意味がよくわからなかったからだ。ジャンプ台の上から見る景色は絶景だ。それは十分に知ってる。だけど、ジャンプ選手ならそんなの全員知っていることだ。今更、賀子がそんなことを言う理由がわからない。

不思議そうな顔をしている西方たちに賀子が言った。空は端から夜に変わりつつある。白馬連峰の尾根がオレンジに染まっていた。信じられないほどに美しい。賀子が言っているのはこれのことか？　西方は賀子に言う。

「なんだよ。小林もここに景色を見に来るのか？」

空を見上げながら賀子が答えた。

「いいえ。わたしが見るのは景色じゃなくて」

「?」

「もう少し、皆さん、待ってもらえますか」

賀子が体育座りになって空をじっと見ている。

時間とともに、少しずつ空が色を変えていく。

賀子が言った。

「皆さん、カンテを蹴る時、どんな気持ちですか。怖いですか」

みんな無言だ。賀子が空を見たまま言う。

「わたし、いつも全力で気合いを入れないと飛べません。どうしてみんな、平気な顔して飛べるんだろうっていつも思ってます」

高橋が答えた。ゆっくりと言う。

「ぼくも、怖いです。毎度、今度こそ死ぬかもしれないって思う」

南川。

「おれは感じない。飛べるって信じてるから」

西方は答えた。「怖いのはあたりまえだ。怖さを知らないジャンパーはバカだ」

南川がくってかかってきた。「何ですか西方さん。それ、おれがアホだって言ってるんですか」

「言ってねえよ。南川はここの誰より飛ぶのを怖がってるだろ」

「怖がってない。何言ってるんですか西方さん。怒りますよ」

「怖がってるよ。異常なくらいに怖がってる。南川、お前、ケガして以来風が出ると飛べないんだろ」

「……！」

「みんなわかってるさ。言わないだけだ。だけど、お前の実力が本物だっていうのもみんなわかってる。乗り越えられるって信じてるから、誰も何も言わないんだ」

南川が黙った。

「いいか南川。恐怖と闘うな。闘ったって勝てない。飼い慣らすんだ」

「……飼い慣らすって何ですか」

「おれも、飛べなくなったことがあるんだよ。前にジャンプで怪我した時」

最後の太陽の光が山の谷間に消えていった。わずかな光の線が空を指している。

「その時おれは、飛ぶ理由を自分以外のものに見つけた。そしたら、意外なほどあっさりと飛べたんだ。怖くもなかった」

日が落ちてあたりは真っ暗になった。遠く、ジャンプ台の向こうに広がる白馬の町に、家の明かりがポツンポツンと浮かび上がってきた。人々の暮らしがそこにある。

西方は過去の自分を振り返りながら静かに言った。

「そうしたら……、何でだかわからないけど、確かに飛べたんだ。自分以外の誰かの顔を思い浮かべるだけで、おれは飛べたんだ」

「そんなの……。おれには関係ないですよ。おれには、ジャンプの瞬間に思い浮かべる人なんていませんから」

突然賀子が言った。

「空」

みんなで反射的に顔を空に向けた。

無限の星が、暗い夜空を埋め尽くしていた。ジャンプ台のまわりには遮るものが何もない。空にもっとも近い場所。空を埋める星々。地上でもっとも星に近いところ。

隣で南川が、「うわ」と短く声をもらした。

目が離せない。

星が落ちてきそうだ。

星空の美しさを、はじめて知った気がした。

賀子が言った。

「これ。わたしが見つけたんです」

目の中全部が星に満ちた夜空だ。世界がこれ以上ないほどにシンプルに思える。悩みも葛藤も悔しさもやっかみも、みんな空に溶けて消えてしまいそうだった。心がぐんぐんと空に吸い上げられていく。

みんなで空を見上げ続けた。同じものを見ている。きっと今、おれたちは同じ思いだ。同じことを感じている。

この世界は美しい。

単純にそう思った。とんでもなく美しいものの中に、こうしておれたちは生きている。

格好悪くあがいたり、

時には打ちひしがれたり、

たまに喜んだりしながら。

賀子が言った。星空を見上げたままだ。

「テストジャンプ――。頑張りましょうね。皆さん」

6

〈いよいよ今日から注目のスキージャンプが始まります。初戦となるのはノーマルヒル個人。はたして日本はメダル獲得となるのでしょうか。頑張れニッポン!〉

パンフレットで見る限り、ジャンプ台の前の観客席は広い階段のはずなのだけど、溢れかえる観客たちでほとんどそれが見えなかった。

西方幸枝は段差を気にしながらおそるおそるジャンプ台に近づいていく。仁也に伝えてはいないけれど、飛ぶ仁也を見たくて、慎護を連れて会場にやってきてみた。人混みの中で、三歳の慎護が押しつぶされてしまわないか気が気じゃない。

観客席の手すりにつかまって、ポケットから日程表を取り出した。グローブの指先で何とかそれを開く。

スキージャンプの初戦は二月十一日。ノーマルヒル個人が今日から始まる。左手に見えている、高さが一〇七メートルもあるでっかいジャンプ台で飛んで、各国の代表選手が個人成績を競うのがノーマルヒルだ。それで、四日後の十五日に行われるのがラージヒルの個人戦。右手に見えている、ノーマルヒルよりさらにでっかい一三八メートルのジャンプ台で飛んで競い合うのだ。

そして、二月の十七日——。日本中の耳目が集まるラージヒル団体戦が、ここで行われる。

みんな、その団体戦でリレハンメルの雪辱を果たすんだって言っている。西方、岡部、葛西、原田の四人で飛んで金メダルを逃した悔しさを、最強の団体戦メンバーで今度こそ晴らすんだって、そう言っている。

そこに仁也はいない。

「ええと……。このあたりで見えるのかな、ジャンプの様子って」

スキージャンプの着地地点に近い場所、ブレーキングトラック近くの席を何とか確保できた。人ごみの隙間にジャンプ台が見える。白く霞んでいた。山のてっぺんでも見上げているみたいだ。

「うわあー。でっかいねえ」

まるで巨人のすべり台だ。慎護が不思議そうに言った。「大ジャンプ?」

幸枝は笑顔になる。

「そうだね。大ジャーンプ。ここにね、パパがいるんだよ」

慎護に顔を寄せた。

「ほら、慎護。あのでっかいジャンプ台。あれをね、パパが飛ぶんだって。パパの大ジャンプ、いっしょに応援しようね。慎護」

＊

「やりましたね西方さん！　船木さん銀ですよ！　銀メダル！」

ノーマルヒル個人が終わった日の夜、賀子が食堂に駆け込んできた。カレーライスを前にスプーンを握っている西方に身を乗り出して言う。

「すごかった！　二回目のジャンプでテレマークを決めた時！　わたし感動しました！」

「はは……。テンション高いな、小林」

「あたりまえじゃないですか！　だってオリンピックの銀メダルですよ！　世界で二番ですよ！」

賀子の火照った顔を見ていたら、リレハンメルで銀を獲った時のことを思い出した。夢のようだった。ただ、悪夢でもあった。「すごい」と言われた数より、「残念だ」と言われた数の方がはるかに多かった。銀メダルを獲ったことを、喜んではいけない空気だった。

幸枝の顔が浮かんできた。慎護の笑顔も。

「うわー。わたしもあのジャンプ台で飛んだんだなぁ……」

賀子が胸の前で手を組んで天井を見上げている。天にも昇るって感じで頬を上気させている。

二月十一日。今日、ついに長野オリンピック、スキージャンプ競技が始まり、ノーマルヒル個人戦が行われた。西方たちテストジャンパーは、競技が始まる前にノーマルヒルのシャンツェを滑り、選手たちのためにジャンプ台を整えた。日本から出場した選手は四名。葛西、斎藤、船木、そして原田だ。

今朝、シャンツェ下の石畳の観客席は三万の人で埋め尽くされていた。競技が始まる前だっていうのに熱気で雪が解けそうだった。ブブゼラが鳴っていた。誰もが顔を紅潮させていた。その中をテストジャンパーたちは次々に飛んだ。電光掲示板に『テストジャンプ』と表示されているから、飛んで着地しても観客から歓声は沸かない。長く飛んでもきれいに飛んでも関係ない。テストだからだ。賀子も飛んだ。危なっかしい飛行でハラハラさせられたけど、何とか姿勢を持ち直して倒れずに着地した。賀子がゴーグルを外し、小さくガッツポーズをしたのを西方は見ていた。だけど誰も賀子に歓声を送らない。誰もおれたちを、見ない。

これがテストジャンプなのだ。選手たちの前座ですらない。期待されない。視線を浴びない。こんなジャンプははじめてだった。こんなに大勢の観客がいるのに、誰の目にも留まらないのは屈辱だった。誰もいない場所を飛ぶよりなお孤独だ。

ノーマルヒル個人戦の結果は、船木が銀、原田が五位に入賞した。賀子はそれで喜んでいるのだ。

賀子がまだ言っている。

「船木さん、これはラージヒルも期待できますよ！　もちろん団体戦だって！」

なぜ喜べるのだろう。西方には不思議に思えてしまう。

「原田さんも惜しかったぁ！　一回目の時点じゃトップだったのに！」

素直に喜べない。

「ああ……、まあ、フィンランドのソイニネンがすごかったからな。しかたないさ」

「でも、原田さんも行けそうですよね。ラージヒル個人！」

即答できない。「ああ。まあな」

賀子がその場でピョンと小さく跳ねた。

「あーもう！　わたし、また飛びたくなってきちゃいました！　やっぱジャンプ、最高ですよね！」

賀子を宿舎に残して、西方はふらりと外に出た。冷たい風が恋しかったからだ。

ふらふら歩いてジャンプ台の近くまでやってきた。半円状になっている駐車場に立ってジャンプ台を見上げる。もうすぐここで、オリンピック、スキージャンプの団体戦がはじまる。

——四年間……。ずっとここを目指してきたんだ。

西方はその地に立っている。

ただし、選手としてではなく、テストジャンパーとしてだ。

＊

〈本日二月十七日、長野オリンピックのハイライト、スキージャンプ団体が間もなく始まります。リレハンメルの雪辱を、この長野で果たすことができるのか⁉　日の丸飛行隊の金メダルの瞬間を見届けようと、会場には三万五千人もの観客が詰めかけて

います〉

テストジャンパー二十五人は、いつもと同じく白馬ジャンプ競技場のスタートタワー内にある控室に集まっていた。今日の朝九時三十分から開始されるはずのラージヒル団体戦に備えてのことだ。競技の開始前にジャンプ台の調子を整えるため、早朝からここに控えているのだ。

控室の壁に、新聞の号外が貼られていた。

西方は生気のない目でそれを眺める。

――ラージヒル個人　船木金メダル！　原田銅メダル！

二日前に行われたラージヒル個人の結果だ。ついに船木がオリンピックで金を獲った。原田の名前もある。メダルに手が届いた。リレハンメルでいっしょだったあの原田の胸に、銅メダルが輝いているのだ。

ラージヒル個人が行われた十五日の夜、西方は葛西に会った。一人になりたくてジャンプ場前の駐車場に佇《たたず》んでいた時、大荷物を抱えた葛西紀明を見かけたのだ。

その時、葛西は西方に言った。

「西方さん。なんか、気の抜けた顔してますね」

西方は表情を変えずに淡々と応じた。

「葛西……。どうしたんだよ」

荷物を見て察しはついたが西方の口からは言えなかった。葛西が自虐的に笑う。

「団体戦、メンバーに入れませんでしたよ。ぼくのオリンピックは終わったんです。だから帰るんですよ。北海道に」

葛西は、西方と同じくリレハンメルオリンピックの代表メンバーであったにも関わらず、団体戦のメンバーから外された。西方にはその気持ちがわかる。葛西の悔しさが、ヒリヒリと身に染みるほど理解できた。

西方はボソリと言った。

「試合……、見ないのか？」

葛西が荷物をガシャリと鳴らした。

「見るわけないでしょ。見られるんですか、西方さんは」

そして、葛西はそのままどこかに姿を消してしまった。

西方は一人思う。

——今日、ついに団体戦がはじまる。

早朝だと言うのに賀子が跳ね回っていた。連日のメダルラッシュに興奮しているのだ。今もテストジャンパーの一人を捕まえて勢いよく話している。

「うわー！　すごいですよねすごすぎます！　金メダルですよ金！　ラージヒル個人、二人もメダルを獲るなんて！」

福田が応じている。賀子のテンションに呑まれているわけでもなく、福田もまた高揚しているようだ。日本選手団の活躍に、テストジャンパーたちの気持ちもいやが上にも盛り上がっているのだ。

「そうだよ！　今日の団体戦を前にこのメダルは大きいぞ。原田さん、ノーマルヒルもメダル獲れなかったし、リレハンメルのこともあったからプレッシャーやばかっただろうけど、これで気持ちが盛り返す！」

「うわあ。日の丸背負って飛ぶってどんな気持ちなんだろ……！」

賀子の言葉に西方は反応できなかった。何も言う気になれない。

その時、「チン」とエレベーターが鳴った。

「失礼しまーす」

みんな固まった。信じられなかったからだ。そこに原田が立っている。

まじまじと原田を見つめてからようやく南川が声に出した。

「いやいやいや！　原田さん何で⁉　どうしたんですか⁉」

「いやあ……、ちょっとさ」

みんなが原田に駆け寄って行く。賀子の瞳がキラキラ輝いている。

「わあ！　原田さんだ！　あの……！　あの、銅メダル、おめでとうございます！」

賀子の祝辞を聞いて、みんなも口々に「おめでとうございます」と原田を祝福しはじめた。原田がはにかみながら一人ひとりに応じている。

「ありがとう。あの……、これからはじまる団体戦も、皆さん、よろしくお願いします」

そしてペコリと頭を下げた。テストジャンパーのみんなの顔がみるみる笑顔に変わっていった。賀子なんて泣きそうな顔をしている。

原田がキョロキョロ辺りを見回してから、すっと片手を上げた。

「あ。いたいた。おーい、西方」

西方に近づいてくる。

「なんだよ原田。お前、競技の前にこんなとこにいていいのかよ」

いつの間にか、声が冷たくなっていた。

「いやあ……。なんかさ、みんなの顔見たくなっちゃって」

「テストジャンパーのみんなのか？　なんだそりゃ」

原田は笑っている。

「だってさ、みんながいなきゃ、おれたち選手だって飛べないわけだし」

「ふん。そういうもんかね」

言いながらも腑に落ちない。なぜなら、テストジャンパーと代表選手は性質がちがうからだ。四名の代表選手はその四名でしか成り立たない。だけどテストジャンパーはちがう。飛ぶだけなら誰にだってできる。ある程度経験のあるジャンパーなら誰にだって任せられる仕事だ。そう思っているから言葉がきつくなってしまう。

「まあ……。いまのおれには、テストジャンプくらいしかできないしな」

原田が笑顔を引っ込めた。強い目になって言う。

「西方。それはちがう」

「何がだよ」

「この二十五人が飛んでくれるから、おれたち代表選手だって飛べるんだ。おれも、岡部も、斎藤も。船木だって」

「………」

原田が急に下を向いた。もじもじしながら小さい声で言う。

「おれ……、思うんだよ。団体戦はみんなで飛ぶんだって」

ポカンとした。少しだけ笑ってしまう。

「なんだよそれ。選手が四人いるんだからあたりまえだろ」

原田が一瞬、虚を突かれたような顔になった。すぐに笑顔に変わって言う。

「ああ……。そうだよな。四人で飛ぶんだもんな。変なこと言ったかな、おれ」

なぜか頭を掻いている。恥ずかしそうだ。

「変なやつだよ。あいかわらずお前は」

原田は笑顔のままだ。

「はは……。かもな。おれはさ、単純だから。どんな時だって、力一杯飛ぶだけなんだ。それしかできないから」

照れたように笑っている。その笑顔の意味が西方にはよくわからない。

原田が急に顔を上げて言った。

「あのさ西方」

「なんだよ」

「あのさ、アンダーシャツ、貸してくれないか？」

「は？」

思わず聞き返していた。

原田がまた頭を掻いている。

「なんかさ、忘れてきちゃったみたいでさ……。足りないんだよ」

呆れる。

「足りないってお前……。オリンピックだぞ？」

「あはは……。悪い悪い」

バッグからシャツを取り出した。幸枝が首元に「J.NISHIKATA」と刺繍してくれたやつだ。

原田がアンダーシャツを受け取って、それを眺めている。

「ありがとうな。おれさ……、西方。お前がさ、テストジャンパーやってるの見てさ、おれ、頑張らなきゃって思って……」

何でもない言葉のはずなのに引っかかった。

急に、原田の顔を真正面から見られなくなった。

「何だよそれ」

「おれさ……、これでもお前の気持ち、少しはわかってるつもりで」

「何がわかるんだよ」

「………」

「お前はオリンピックで金メダルを目指してまた飛べる。そのお前に、おれの何がわかるって言うんだよ」

「西方……」

「おれは」

急激に昂《たかぶ》る気持ちを抑えられなかった。心がぐつぐつ煮えていく。止められない。

「おれは――、テストジャンパーなんてどうでもいいって思ってる。今だってそう思ってるんだ。お前が気持ちよく飛ぶためにジャンプ台を整備してる自分が心底情けないって思ってる。これが正直な気持ちだ。この気持ち、お前にわかるか？　おれの気持ち、お前にわかるのか？」

原田の顔が白かった。

「代表落ちたのはおれの力不足だ。おれのせいだ。でも――、おれはまだ、お前が……。お前さえ失敗しなきゃ、おれは……」

混乱していた。原田はこれから代表として飛ぶのだ。そんな人間に動揺を与えてどうする。おれが苦しんだように、四年間、こいつだっておれ以上に苦しんだ。それを乗り越えるために練習を積み重ね、代表の座を勝ち取ってこいつはようやくここに来たんだ。それなのに本番を直前にしてこうして呪いの言葉を投げつけられている。どす黒くて、こびり付いて決して剝がれないドロドロの汚物を、こうして裸の心に塗りたくられてる。

「許せない」

何してんだ。おれ。

「お前が失敗しなきゃ、おれは金メダリストだったんだ」

おれは何を言ってる。

顔を上げられなかった。惨めだ。こんなに惨めな気持ち、はじめてだ。

「お前の金メダルなんて、おれは見たくないんだよ」

＊

スタートタワーの窓の向こうにラージヒルのジャンプ台が見えていた。タワーの控室は静かで、盛り上がっている会場とはまるで別の世界だ。

原田はうつむいたまま、「それでもおれは……、金を獲らなきゃ駄目なんだ」と呟くように言い残して控室を出て行った。

今、原田はこの厚いガラスの向こうにいる。控室ではなく、ジャンプ台に立っている。

第一グループ、日本チームの岡部がシャンツェを落ちていく。西方の目にカンテを蹴る岡部が映った。リレハンメルで見た飛翔よりさらに高く、さらに強く飛んでいる。

実況が聞こえた。

〈岡部、激しい雪という厳しい条件下で飛距離を伸ばしてきました！　一二一・五メートル！　K点を越えてきた！　第一グループ終了時点で、ドイツが一位、日本二位！〉

いつの間にか時が過ぎていく。世界から自分が切り離されているみたいだ。

第二グループの斎藤が飛び立った。

〈さあ行け斎藤！　ねばってこい！　ねばってこい！　ねばってきたーっ！　行ったーっ！　大ジャンプだぁ！〉

実況が叫んでいる。

〈大きくK点を越えてきて、何と！　一三〇メートルの大ジャンプを見せました！　斎藤！　日本の斎藤、ここで見せました！　日本、ドイツを逆転して一位です！　大きなアドバンテージを作っている！〉

原田の番がやってきた。雪はますます強い。

〈選手が見えづらいほどの雪になってきました。この条件で、原田、どんなジャンプができるか?〉

原田の名を聞いて、会場の熱がまた一段と増したようだ。観客席が波打っている。

〈日の丸が揺れています! さあ! 日本のエース、原田雅彦の登場です!〉

実況の声が弾んでいた。興奮しているのだ。三万五千の観客たちも熱狂している。

原田のジャンプに期待を寄せているのだ。あいつが主役だ。これまでずっと、あいつが日本のジャンプを支えてきたんだ。

原田がスターティングバーに座った。吹き付ける雪のせいでかすかにしか見えない。ひどい天候だ。

〈さあ原田。金メダルに向かって、スタートです!〉

冷たいガラスに手をついた。口が勝手に動いていた。

——どうしておれがここにいて、お前がそこにいるんだ。原田。

会場の盛り上がりとは裏腹に、心がどんどんと冷えていった。ガラスに映る自分の目が氷のようだ。

原田がシャンツェを落ちてくる。カンテを蹴って、空に飛び立つ。

言っていた。

「……落ちろ」

ガラスに自分が映っている。

「お前なんか……、落ちればいいんだ」

自分の声じゃないみたいだ。混乱する。頭がおかしくなりそうだ。目の前のガラスに頭を叩きつけたい。何もかもを粉々に砕きたい。

実況が叫んでいる。〈原田、どうか⁉〉

白い雪の中を原田が飛んでいた。嵐の中羽を震わせて飛ぶ小鳥のようだ。

実況の声が裏返った。

〈ああっ！　原田！〉

雪が舞いあがった。原田のスキーが地面に着いている。雪を巻き上げてランディングバーンを滑っていく。

〈あああ！　原田、落ちた！　落ちてしまった！〉

西方は頭を抱える。

〈リレハンメルの悪夢が、蘇《よみがえ》ってしまったぁ！〉

「落ちた……」

呟いた。おれは自分の魂を犠牲に、原田を地の底に引きずり込んだのだ。誰も幸せになんかなるな。みんな不幸に溺れろ。日本の金メダルがなんだ。期待がなんだ夢がなんだ。おれは知ってる。リレハンメルで金を逃した時、みんながどんな顔をしたか。どんな言葉でおれたちを傷つけたか。おれは知ってる。敗者は蔑まれるんだ。蹴落とされて爪はじきにされて、どこにも居場所がなくなって震えるんだ。

聞こえてきた。

〈原田は七九・五メートル……。日本、トップから陥落しました――〉

原田。

これは呪いだ。

お前は悪くなんかない。

悪魔は、このおれだ。

＊

だめだと思った。もうおれは、だめだ。

一回目のジャンプが終わると、天候はますます悪化してきた。十一時十五分から行われる予定だった二回目のジャンプは、吹き付ける雪のせいでまだ始まらない。雪が小降りになるのを待っている状態だ。

西方はスキー板を担いだまま、呆然とラージヒルのシャンツェを見上げていた。二回目のジャンプのための整備が続いている。周囲は三万五千の大観衆だ。ブブゼラが響く。吹き付ける雪に包まれて大観衆が波打っている。

「仁也くん」

背中に声をかけられた。西方は振り返る。

「よ」

そこに幸枝が立っていた。左手を立てて笑っている。右手は慎護の左手とつながっていた。

西方はゆるゆると笑った。変な気分だ。自分が心底嫌になった時、自分の存在価値を見失った時、幸枝はなぜかそばにいてくれる。そばにいて、「大丈夫」と言ってくれる。

幸枝が慎護を抱き上げた。西方を見て慎護がキャアキャア笑っている。

「慎護がさ、どうしても見たいっていてきかなくて」

西方は慎護の頭のフードに触れて、積もった雪を払ってやる。

「おれ……、飛ばないんだぞ」

「ううん。飛んだじゃん。また飛ぶんでしょ？」

「見てたのか」

「うん。一回目のテストジャンプ、ここで見てたよ」

「そうか……」

幸枝が笑顔のまま言った。

「なんか、仁也くんらしくないジャンプだったね。さっきの」

西方は何も言えない。

「仁也くんのジャンプってさ、もっとこう、わーってなって、『気持ちいいぞー』って叫んでるみたいなジャンプじゃん。いつも」

「はは……。なんだよそれ」

幸枝が微笑んでいる。

「でもさっきのは、なんか、辛そうだった」

見透かされてる。幸枝にはかなわない。本当にお前は、おれの心の底をいつも見ている。きっとおれ以上に、おれの気持ちを理解してくれてる。

西方が口を開こうとしたら、慎護を降ろして、幸枝が西方に顔を寄せてきた。周囲のざわめきでそうしないと会話にならないのだ。

西方は言った。幸枝には隠せない。

「おれさあ……。さっき、原田に最低なこと言っちまった」

「うん」

幸枝が聞いてくれてる。「なんて」

「お前が金メダルを獲るのなんか見たくないって……」

幸枝が小さく、「そう」と言った。西方はすべてを吐露する。そうしないと心が保てなかった。

「一本目の原田のジャンプの時、おれさぁ……、『落ちろ』って思った」

どんな顔をすればいいのかわからない。だからゆるゆると笑った。だめだ。

「おれさ……、引退、するよ」

幸枝が言った。微笑んだままで言ってくれた。

「そっか。わかった」

「いいかな」

はっきりと答えた。

「いいよ」

涙が溢れてきた。それを飲み込みながら顔をうつむけた。終わった。もうおれは選手じゃない。仲間を仲間と思えない人間に、仲間はできない。飛ぶ資格などない。

「頑張ったねぇ、仁也くん」

ロープ越しに幸枝が抱きしめてくれた。西方はされるがまま、うつむき続ける。

頑張ってなんかいない。逃げただけだ。見たくないから、逃げ出すだけだ。

心の中が、口から溢れ出していた。

「おれ……、もしかして終わってたのかなぁ……。四年前に、もう……」

＊

仁也はスタートタワーに戻って行った。大きな背中を悲しくなるくらいに小さくして、リフトに乗って戻って行った。ラージヒルのてっぺんへ。

「慎護。寒くない？　大丈夫？」

慎護が幸枝を見上げていた。ほっぺたを赤くしている。

「ほら。ちゃんとフードかぶって」

慎護のフードの雪を払ってから、自分も体を傾けてダウンジャケットの雪を落とした。頭の上の雪が落ちて目の前が白い滝みたいになる。かなりの雪量だ。

そのまま空を見上げてみた。真っ白だ。

隣の観客が言っている。

「ひでえ雪だな……。ジャンプ台がまともに見えやしない」

二回目のジャンプはまだ始まらない。観客たちがざわついていた。

「しかし……、まさかだよな。一本目のジャンプが終わったこの時点で日本が四位とかさ」

「な。金メダル間違いなしってみんな言ってたのに」

そう。金メダル間違いなしと言われていたはずの日本は、今、まさかの四位だ。銅メダルにも届いていない。このまま「メダル無し」で終わるなど、観客たちにとって、あってはならないことだった。それくらい幸枝にだってわかっている。

〈天候悪化のため、競技を一時中断いたします〉

さっき、会場にそうアナウンスが流れた。それからかれこれ数十分経つけれど、この雪の中、観衆は少しも減らなかった。誰も帰ろうとしない。みんな、日本の逆転を信じているのだ。

電光掲示板には『ジュリー（審判員）会議』と表示されていた。天候条件などを鑑みて、すべての選手にとって公平な判定をするために、競技の開催条件やスターティングバーの位置を調整するのがジュリーたちの仕事だそうだ。もちろん、選手たちの安全面の管理も考慮の対象となる。その会議がずっと続いているのだ。

つまり――。

続けるか。

ここで終わるか。

幸枝は知っている。前に仁也に教えてもらった。

悪天候などで二回目の競技が不可能となった場合、一回目のジャンプの結果で順位が決まってしまうのだ。

幸枝は祈りを込めてもう一度空を見上げた。雪雲がすごいスピードで流れていく。

雪は止みそうにない。服の上に雪が降り積もっていく。

「これで終わりなの……？　仁也くん――」

このままだと、日本は四位。競技が続けられなければ、日本はメダルを手にできない。

中年の男性が必死に人ごみをかき分けて前に出てきた。

口の中でくり返している。

「賀子……。賀子」

背中をぐいぐい押された。幸枝は戸惑って言う。

「あの……、あのちょっと。子どもがいるんで」

そう言ったら男性が慌てて体を引いた。幸枝の足元の慎護に目をやる。

「ああ、すんません。つい夢中に……」

五十前後の男性だ。雪山に慣れていないのだろう、服を何枚も重ねているせいか、体がふくらんでひどく不格好に見えた。うつむき加減のまま目だけを上げて、まるで幸枝を見上げるようにして言う。

「あのう……。テストジャンプって、もう終わりましたか？」

「え」

妙なことを聞かれた。ここはオリンピックの会場だ。テストジャンプを気にする観客なんかいるはずがない。

だから、すぐには言葉が出てこなかった。男性がきょろきょろしている。

必死の目をしていた。

「私の娘が……、テストジャンプで飛ぶんです。こんな天気の中で飛んで、もし怪我でもしたら……」

＊

スタートタワーの控室でテストジャンパーたちはやきもきしていた。雰囲気はとても悪い。

「ジュリー会議って、いったい何を話しあってるんだよ。まさかこのまま中止なんて言い出す気じゃないよな」

南川が忌々《いまいま》しげに言った。小刻みに足を震わせている。

「でも、この吹雪、中止かもしれない」

高橋の声が不安そうだ。テストジャンパーたちが集まってきて、南川と高橋を中心に自然と輪を描いていた。南川の隣には西方もいる。

賀子が言った。

「中止って決まったら、どうなるんですか？」

舌を打ってから南川が答えた。

「一回目のジャンプだけで順位が決まっちまう。日本は四位だ」

賀子が息を飲んだ。「じゃあ、日本はメダルなし……？」

高橋が肩を震わせた。

「それじゃ、また、原田さんが、悪者になる」

賀子の声が震えていた。

「そんな……！　だって、原田さんだからこんな吹雪の中で飛べたんですよ!?　原田さんじゃなきゃ、あそこまで持って行けなかった……！」

「世間はそうは見ないさ」

南川が冷たく言った。皆黙る。

重い沈黙を破るように、エレベーターの到着を告げる「チン」という音が控室に響き渡った。ドアが開いて神崎コーチが顔を出す。

「なんだお前ら。熱心になに話し合ってんだ？」

皆の輪に神崎コーチが近づいてきた。フンと鼻を鳴らす。

「ついさっきよ、そこで原田とすれちがったぜ。『すいませーん』だってよ。そんで、頭、下げられたよ。必死な顔してよ。『どうかもう一度、飛ばせてください』だとよ」

今度は鼻を啜った。

「あいつはホントについてねえよな。リレハンメルから四年間、ずーっと自分のせいにされて、ひどい嫌がらせも受け続けてきた。脅迫電話なんかしょっちゅうだったらしい」

次第にテストジャンパーたちが神崎コーチを囲んでいった。パイプ椅子を引いて神崎コーチが腰をかける。

「ふう」と息をついた。

「だからよ。おれ、原田に言ったことがあんだ。そんな状況でよく練習に耐えられるなって。そしたらよ、あいつ、言ったんだ」

皆の顔を見渡した。

「『自分さえ失敗しなきゃ、岡部も葛西も西方も、みんな金メダリストだった』って。『自分がみんなの人生を変えてしまった。だから、おれだけが勝手に諦めるわけにはいかないんだ』ってよ」

しんとする。西方も黙っていた。

「――『おれはみんなと飛んでる。おれが諦めたら、みんなのオリンピックが終わってしまう』って、あいつは言うんだよ」

原田の言葉が頭の中によみがえった。雷に打たれたようだった。

「おれさ、思うんだよ。団体戦はみんなで飛ぶんだって」

あの時、競技が始まる直前の控室で、原田はそんなことを言っていた。

いま、その意味がやっとわかった。

あいつは、お前といっしょに飛んでるって言ったんだ。

「おれはさ、力一杯飛ぶだけなんだ」

自分にできる精一杯のことをすること。

やっとわかった。

それが誇りなのだ。


神崎コーチが鼻を啜った。声が湿っている。

「それなのにあいつ……、また落ちやがって。どんな気持ちだ。いまあいつ、どんな気持ちで競技の再開を待ってるんだ」

胸が焼けるようだった。頭の中で原田の笑顔がどんどん色濃くなっていく。あの顔。あいつの笑い。あいつは何のために飛んでる。金メダルのためか。

そうじゃない。飛ぶことで、あいつは誇りを守った。

飛び続けることで、みんなとの約束を守っていたんだ。

その時、神崎コーチの無線機が鳴り出した。コーチが無線を取って二言三言、応答している。

皆に言った。

「今、ジュリーの方針が決定したらしい。室谷本部長がここに来て、皆に直接伝える」

皆を集めて室谷本部長が言った。背後に見える窓の向こうはもはや吹雪だ。

「競技を再開するかどうかは、二十五人のテストジャンパー、全員のジャンプを見て決めるそうだ」

「は⁉」

二十五人の声が揃《そろ》った。西方もだ。

本部長が続ける。

「一人でも失敗すれば、危険と見做《みな》されてそこで競技は中止だ。二十五人が全員ジャンプを成功させることが条件だ。ジャンプを成功させ、その上で、ちゃんと飛距離が出ることを証明しないと競技の続行は認めないらしい」

思わず口に出た。

「無茶苦茶だ」

室谷本部長が苦渋の顔をしている。

「そうだな。その通りだ。しかし――、それでも君たちにお願いしたい。このまま団体戦を終わらせるわけにはいかないんだ。長野での団体金メダルは日本ジャンプ界の悲願なんだ」

そのまま九十度に腰を折って本部長が深々と頭を下げた。

「頼む」

さすがに怯んだ。本来ならとても引き受けられる話じゃない。西方は苦悩する。

頭の中で呟いていた。

――できるわけない。

揺れていた。

――でも今は……。今はあいつが――。

「お断りします」

神崎コーチのはっきりとした声が響いた。西方を押しのけて神崎コーチが前に出る。

「できません。私はこいつらに、飛べなんてとても言えない」

本部長を見つめたままコーチが皆に言った。

「おれは……、お前たちに未来のために飛べとは言ったが、メダルの犠牲になれなんて一言も言っていない。ここで無理に飛んで怪我人でも出せば、それは日本ジャンプ界の大きな損失だ」

「………」

「おれは闇雲にテストジャンパーを選んだわけじゃない。ここにいるのは全員、日本ジャンプ界の未来を担う選手たちだ」

声が漏れた。

「神崎さん……」

「だから、おれの責任においてここは辞退する」

叫ぶような声がした。

「待って。待ってください」

賀子だった。泣き出しそうな顔だ。

「わたし、飛びたいです。どうしても、今、ここで、飛びたいんです！」

神崎コーチの声が怒りを帯びた。

「メダルのために命を危険にさらす必要はねえって言ってんだよ」

賀子が言い返した。神崎コーチより大きな声だ。

「メダルのためでも日の丸のためでもないです！　これはわたしの精神！　ソウルなんです！」

断言した。

「これはわたしのオリンピック。ここで飛ばなきゃ、わたしはわたしでいられなくなる。オリンピックのスキージャンプに女子部門はありません。女のわたしは、もう二度とオリンピックの舞台に立てないかもしれない。今しかないんです。わたしのオリンピックは、もう始まってるんです！　それをこんな中途半端な形で終わらせたくない！」

目尻が光っていた。それをこぼさないよう、賀子がぐっと涙を飲み込む。

「オリンピックで飛ぶのはわたしの夢です。わたしの生きる支えなんです。誰も見てないし誰にも認められないけど……、これがわたしのオリンピックなんです！」

一瞬の静寂の後、ちがう声が混ざった。

「ぼくも……、飛びたい」

高橋だ。高橋が前に出て、賀子の隣に並ぶ。

「だって、ぼくたち次第でしょ？」

ゆっくりだけど、最後まで強く言い切った。

「原田さんが、ぼくらに、希望を、つないだみたいに、ぼくらは彼らに、希望をつなぎたい。これは、ぼくらの、オリンピックですよ」

また誰か前に出た。神崎コーチの前に三人並ぶ。

「お……、おれだって、飛べるって証明したい」

南川だ。震える腕をもう一本の腕で押さえつけている。「お……、おれは代表候補になった選手だ。そのおれが飛ばないで、なにが次のオリンピックだ……！」

自分に言い聞かせているみたいだった。また声が増える。

「飛びたい……！」

また一人。「ぼくも」

八人に。「おれだって」

十五人に。

「飛ばせてください。神崎コーチ！」

二十四人、みんなが声を上げていく。西方は呆然としていた。見失っていた気がする。自分がなぜ飛ぶのか。遠くまで美しく飛ぶジャンパーになぜ感動するのか。

それを思い出した。

自分という人間が、その瞬間に、最大限に輝くからだ。

だから美しい。だから、心が誇りに満たされるのだ。

他の国より優れていると示したいわけじゃない。

ここにいるということ。おれたちは誇りをもって、ここにあり続けるということ。

それを示すことがおれにとっての日の丸。

おれの、ヒノマルソウルだ。

皆の目が西方に集まった。西方はもう迷わない。

「あいつが……、『もう一度飛ばせてくれ』って言ったんだ……」

決意した。

「原田に、頼まれたんだ」

だから――。

「やろう」

西方は言った。

控室が震えるほどの声がそれに答えた。

「はい！」

そう。

ここで飛ぶおれたちのことなんか、誰も見ちゃいない。

だけど、飛ぶんだ。

ヒノマルソウル

chapter 3

1

まるで吹雪だ。大勢の観衆といっしょにいるから怖くないけど、これが一人だったら遭難の恐怖すら感じてしまいそうだ。立っているだけでウェアに雪が降り積もる。ジャンプ台のシュプールだって、この調子だとすぐに新雪で埋まってしまうだろう。

その、降り積もった雪を弾き飛ばすために、テストジャンパーがいるのだ。

幸枝の隣には、さっき幸枝に話しかけてきた男性がいた。話を聞いたら、どうやら幸枝と似た境遇であることがわかった。男性の名前は小林高広さん。二十五人のテストジャンパーのうちの一人、十七歳の女の子の父親だそうだ。

高広さんがボソボソと話している。

「はは……。娘に、『ジャンプなんてよせ』って言ったら、嫌われてしまって……」

背中を丸めてうつむいている。

「会いに行っても会うてくれません。だからここで、こうして見るしか……」

気持ちはよくわかる。幸枝だって、できることなら仁也に飛んでほしくない。百パーセントの安全が確保されているならいくらだって飛んでいい。だけど、たとえ一パーセントでも怪我をしたり、ましてや死んだりする危険があるのなら、それは幸枝にはどうしたって飲み込めないことだ。

「あいつが……、あそこまで本気だったなんてなぁ」

その気持ちもよくわかる。幸枝だって時には「やめて」と叫びたくなる。だけど叫べないのは、仁也にとって、ジャンプがかけがえのないものだと知っているからだ。ジャンプを失えば仁也は仁也でなくなる。最も大切な人を失う。それもまた、幸枝には耐えられないのだ。

横殴りの雪の中、隣にいる高広さんの携帯電話が鳴り出した。高広さんが慌てて手袋をはずし、携帯電話のアンテナを伸ばした。

白い息が口のまわりをパッと染めた。

「はい……。賀子⁉　賀子か！」

かすかに聞こえてきた。

〈うん。いまね、テストジャンパーの控室。そこから電話してる〉

高広さんが勢いよく顔を上げた。二つのジャンプ台の真ん中に高い塔が立っている。五輪が飾り付けられたスタートタワーの窓の向こうに大勢の人影があった。誰だかわからない。けどきっと、そこにいるのだ。この人の娘の賀子ちゃんと、そして仁也くんが。

「まさか お前、飛ぶんか？　こんな雪の中、まさか飛ぶんか」

〈飛ぶよ。それを伝えるために電話したの〉

「だめだ！　お前言っとったろ！　選手の安全を確保するためのテストジャンパーだって。安全に飛べるのを証明するのがテストジャンパーなんだって。だったら、この雪ん中を飛ぶのはどういうことだ⁉」

〈お父さん。聞いて〉

「なしてお前が、代表選手のために危ない目に遭わにゃならんのさ！」

〈聞いて。あのね……、わたしたち二十五人が、全員ジャンプを成功させて、大丈夫だって証明できれば、二回目の競技が続けられるんだって〉

高広さんが絶句している。幸枝も息を飲み込んだ。気を落ち着かせてから考えた。

それってつまり、仁也くんたちテストジャンパーに、日本のメダルが託されたってこと？　仁也くんたちがテストジャンプを成功させないと、日本はもうメダルを獲れないってことなの？

高広さんが絞り出すように言葉を吐き出した。

「し……、したって、なしてお前が犠牲に」

〈犠牲じゃない〉

「危ない目に遭うのはお前だぞ。なして選手のためにお前が」

〈選手のためじゃないよ。わたしのため〉

　苦しそうだ。言いたくないんだ。ヒシヒシと伝わってくる。だけど娘を守るため、このお父さんは言おうとしている。自分の言葉で、最愛の娘を傷つけようとしている。

「お……、お前は女なんだぞ。いくらジャンプが好きだって、いくら努力したって、大会には出られない。オリンピックには出られないって知っとろう。知っとるのに、なして」

　娘さんの声が聞こえた。毅然《きぜん》としていた。

〈お父さんあのね、わたし、わかったんだ〉

　高広さんが無言で聞いている。

〈みんなに教えてもらったんだ。わたしだけじゃない。みんなね、飛んでるんだよ。競技には出られなくたって、飛べるんだ〉

「…………」

〈お父さん。見てて。わたし、飛ぶから〉

「賀子……」

　賀子ちゃんが言った。その声は幸枝の胸にも響いた。

〈今日がわたしの、オリンピックだよ〉

＊

ラージヒルのジャンプ台は雪煙の中にあった。スタート地点にジャンパーは集う。西方もスターティングバー脇の階段に踏み出して、ジャンプ台を見下ろしていた。あろうことか、雪に溶けてカンテが見えない。ただの白い崖だ。

「この天候だ。一番手は上手いやつが飛ぶしかないだろ。だからおれが飛ぶ」

控室で順番を決める時、震える手を抑えつけて南川が自分からそう言った。だから、最初に飛ぶのは南川崇だ。代表選手にも引けを取らないすばらしいジャンパーだ。

スターティングバーに手を置いて、南川が西方を振り返った。無理やり唇を捻じ曲げている。

「はは……。思ったよりめちゃくちゃ雪積もってますね。こんなやっかいな一番手を引き受けたんですもん。これで連盟からの評価は爆上げですね」

吹き上げる風に南川が煽《あお》られている。西方は微笑みだけで応じる。

南川と西方の間に白い雪が舞った。

「西方さん、言ってたじゃないですか。飛ぶ理由を、自分以外のものに見つけたって」

南川が言っている。ただ真っ白な斜面を見下ろしている。

「おれ……、ずっと一人なんだと思ってました。ジャンプって孤独じゃないですか。団体戦って言ったって、飛ぶ時は一人だし。誰も助けてくれないし」

いつの間にか、南川の手の震えが止まっていた。確かな声がここまで届く。

「でもまあ。なんででしょうね。今はちょっとちがうんです。気のせいかな。なんか……、一人じゃない気がする」

南川がニッと笑った。雪でよく見えないけど、きっと笑ったんだと思う。

「だから、飛べる気がするんですよ。西方さん」

バーから手を離した。滑走が始まり、南川の体がギュッと丸くなる。空を切る猛禽《もうきん》のように両手を背中にグイと突き出した。

西方は呟く。南川へのエールを。

そうだ。お前は一人なんかじゃない。

「飛べ……！　南川」

誰かのためなら飛べる。

人間なんて単純だ。そんなもんだ。

その人の顔が頭に浮かぶなら誰だっていい。親だって子どもだって友人だって恋人だっていい。憧れのアイドルだって構わない。それが自分以外の誰かなら、きっと強くなれる。

南川は真っ白い斜面を滑走しながら思う。やっと自分を納得させる答えが導き出せた。

南川はカンテを蹴る。次のみんなのために。

「うぅおおおお！」

心が軽い。風に乗ってどこまでも飛んでいけそうだ。

白い空をどこまでも突っ切って、真っ白いランディングバーンに着地した時、なんだか生まれ変わったような気がした。

この感覚。飛ばないとここにいられないという想いではなく、飛ぶためにここにいるのだという想い。怖くない。不思議ともう怖くない。

ブレーキングトラックを滑りながら叫んでいた。

「どうだぁ！　やってやったぞ！　どうだぁあ！」

こんな声を出したのははじめてだ。

ジャンプ台を見上げ、心の中でエールを送った。次のみんなのために。

――先陣はおれが切った。お前に託す。頼んだぞ、福田！

南川がジャンプを成功させて、スタート地点のジャンパーたちは歓喜の渦に包まれていた。一番手の南川が決めてくれた。飛べるのだ。こうして飛べることを証明できれば、競技はきっと再開される。金メダルへの夢がつながるのだ。

「次だ！　シュプールに雪を積もらせるわけにはいかない。間を空けるな！　福田ぁ！」

神崎コーチが旗を振り下ろした。叫ぶ。

「行けぇ！」

福田が雪を弾き飛ばして滑走していく。まだ若い福田に、こんな雪の中のジャンプ経験などない。だけど南川が飛んだ。南川さんが飛べると示してくれた。襷《たすき》はここにある。だから飛ぶんだ。

「おおおおおっ！」

カンテを蹴る。白い空に飛び出していく。頭の中にはスターティングゲートで待つ、次に飛ぶ阿部《あべ》の顔があった。だから怖くない。飛んでみせる。

「頼んだぞ！　阿部ぇ！」

阿部も続いた。前の二人が道を示してくれた。そして阿部も、次の一人にこの道をつなぎたいと願った。だから飛べる。力が出る。

「うおおおお！」

つながっていく。心は一つだ。

この襷を、途切れさせはしない。

＊

五人目。賀子の番がやってきた。相変わらず風は強く、雪は激しい。西方は顔の前に腕を持ち上げて庇《ひさし》のようにしていた。こうしないと雪が目に入る。ゴーグルをすると、賀子の顔がよく見えない。

階段部分に設置された無線機から、コーチングボックスにいる神崎コーチの声が届いた。

〈いまジュリーから連絡が入った。ランディングバーンの状態を確かめたいらしい。だから、ここからはスタート位置が上がる〉

賀子といっしょに西方も絶句する。「え」

〈スターティングバーの位置を上げる。速度と飛距離を大きくして確かめたいそうだ。飛べるか。小林〉

「………」

西方は賀子を見つめていた。スターティングバーの位置が高くなれば、加速する距離が大きくなるのだから当然スピードが増す。スピードが増せば飛距離だって大きくなる。つまり、より高難度のジャンプに変わるのだ。

賀子がギュッと唇を噛んでいた。西方には賀子の想いが伝わる。

怖いのだ。

「……わかりました。小林、飛びます」

賀子が言い切った。

西方にはわかる。

だけど――、怖さよりはるかに強く、賀子は飛びたいのだ。

幸枝の隣で高広さんが、仕切りのロープを両手で摑んでジャンプ台に向かって身を乗り出した。口をぽっかり開けてスタート地点を見つめている。

「あれ……！　あの真っ赤なグローブ……！　ああ、賀子だぁ。賀子ぉ」

そう言った。この人の娘さんが、これから飛ぶのだ。

幸枝までひどく緊張してきた。ハラハラしてしかたがない。たぶん幸枝のこの気持ちを何百倍にも凝縮したのが高広さんの心境なのだ。まばたきを忘れてジャンプ台を見つめている。

「ああ……。あのグローブ……。賀子、付けてくれてる」

心が漏れ伝わってくる。幸枝にはわかる。

本当は、心からエールを送りたいのだ。子どもが生き生きとできる場所を壊したい親なんかいるもんか。

飛ぶなと言いながら、この人は必死で応援しているんだ。

「賀子……！」

わたしと同じだ。

吹雪のようなスターティングゲートで、賀子が口をパクパクさせていた。強い風と雪のせいで、西方にはもう賀子の声が聞こえない。隣にいる高橋に尋ねてみた。

「あいつ、怯えてるのか」

「いえ……」

突然、高橋が笑い出した。

「あは。あの子、うれしい、うれしいって言ってます」

賀子がバーから勢いよく飛び出していく。

高橋と声をそろえた。

「行け。飛んでみせろ！　小林！」

シュプールの雪を弾き飛ばし、小林賀子はぐんぐんとスピードを上げていった。ひどく緊張している。心臓が口から飛び出しそうだ。だけど同時に、奇妙なまでの高揚があった。

南川さんを先頭に、この雪の中を四人が飛んだ。四人とも見事にジャンプを成功させた。襷はつながっている。そしてその襷が今、わたしの手の中にあるのだ。

実感できる。めちゃくちゃ重いけど、その重さがわたしに力を与えてくれる。

うれしかった。この重みが。確信できた。確かにオリンピックの舞台にいることを。

カンテを蹴って空を舞う。

これが、日の丸を背負って飛ぶ気持ち。

「これがわたしの、オリンピックだぁ！」

賀子ちゃんがランディングバーンに着地した瞬間、高広さんが「ああ」と息を漏らした。

幸枝は見た。高広さんの頬に伝う涙を。

何の涙だろうと思って、自分の目の下を擦った。それで気づいた。幸枝も泣いていた。

なんで。

不思議だった。安心したから？　それとも緊張が解けたから？

高広さんが、顎を天に向けて無言で涙を飲みこんでいる。

それを見てわかった。仁也くんのジャンプを見る時といっしょだ。

わたしたちは、感動したんだ。

＊

〈いいか。後半戦は飛距離を意識しろ。オリンピック記録として恥ずかしくない飛距離がちゃんと出せると証明するんだ〉

神崎コーチが無線機を通して恐ろしいことを言ってきた。

思わず口に出した。「この雪の中で飛距離を出せって……。マジかよ」

呟いただけなのに、スターティングバーに向かおうとしていた高橋が足を止めた。西方を向いて言う。

「西方さん。神崎コーチ、飛距離を出せって言ってるんですか」

ハッとした。西方の呟きで高橋に余計な情報が伝わってしまった。プレッシャーを与えるだけだ。

高橋がいつものように人懐っこく笑った。

「大丈夫。ぼくの自己ベスト、一三八メートルですもん」

そのままスターティングバーの中心に進んでいく。前を見据えたまま高橋が言った。

「西方さん。リレハンメルの話、してくれましたよね」

西方は肯く。高橋は笑顔のままだ。

「ぼくも、一度でいいから、大歓声、聞いてみたいです」

思わず言っていた。

「聞こえるさ」

高橋がきょとんとしている。唇の動きが伝わらなかったのかもしれない。

それでも西方は続けた。

「みんながお前を応援してる。みんな、お前に力いっぱいのエールを送ってくれる」

高橋がニッコリ笑ってスターティングバーから手を離した。加速が始まる。

西方は右腕をグッと突き上げた。

お前はすごいやつだ。

「行け！　高橋竜二！」


こんな雪の中なのに、高橋には何もかもがクリアに見えた。

ランディングバーンの向こう側、ブレーキングトラックの脇に見知った顔がいくつも並んでいる。みんな大きく口を開けていた。大声で何か言っている。腕を振りあげている。その口が「高橋」と動く。

南川さんが叫んでいた。ちゃんと届く。

「行けぇ！　高橋！」

福田さんと阿部さんがグローブの手でメガホンを作っていた。目をつぶって叫んでいる。

はっきりわかった。

「高橋、飛べぇ！」

聞こえる。みんなの応援が。

地を揺らすような大歓声が。

降り積もった新雪を吹き飛ばしてランディングバーンに着地した。K点に迫る大きなジャンプだ。高橋はブレーキングトラックを滑りながらゴーグルを外した。景色が霞んでよく見えなかったからだ。

グラスが曇ったのかなと思った。けれどちがった。泣いていたからだ。

溢れ出すような涙だった。南川が胸を開いて高橋を待っている。

抱きついて思い切り泣いた。こんな気持ちいい涙、はじめてだった。

南川も泣いていた。二人してぐしゃぐしゃの顔をぶつけ合う。

「南川さん……。ぼくにも……、聞こえた」

ジャンプ台を振り返り、大きく腕を突き上げた。

「聞こえたよ……。西方さん」

思いは、ちゃんと届いた。

＊

天候は荒れたままだ。だが、テストジャンプは続いていた。誰一人として失敗しない。後半になって、高橋をはじめとしてますます飛距離も伸びている。これなら誰にも文句は言わせない。あと一人、西方仁也がジャンプを成功させれば、競技の継続は決まるはずだ。

二十五人目のジャンパー、西方仁也が着地するはずのランディングバーンを見据える位置に、二十四人のジャンパーたちが集まっていた。ジャンプ台に残っているのは西方と神崎コーチだけだ。

ジャンパーたちの背後にいたスタッフの無線機が鳴り出した。スタッフが短く応答して無線機を南川に手渡す。

「え？　おれ？」

無言でスタッフが肯いた。南川はトランシーバーを耳に当てる。

コーチングボックスの神崎コーチからだった。

〈南川か。お前ら、見る場所がちげえよ〉

妙なことを言われた。南川は聞き返す。

「え？　神崎コーチ、なんて？」

〈もっと先を見ろって言ってんだよ。西方はそんなとこにゃ降りない。K点の先が見える場所まで移動しろ〉

「は？」

思わず声に出ていた。K点の向こう、つまり、一二〇メートルラインの先を見ろと言うのだ。

〈いいか。西方はK点越えのジャンプを見せるんだ。だから、お前たちはそこで迎えてやれ〉

「何言ってるんですか」

笑いそうになった。「K点越えって……。この吹雪の中ですよ？　代表選手だって容易には飛べませんよそんな距離！」

〈そうだな。だから西方が飛んでみせるんだ〉

確信したような神崎コーチの声に言葉が出なくなった。南川は唾を飲み込んでから掠れた声で言う。

「もしかして……、それがジュリーの条件なんですか」

〈そうだ〉

断言された。

〈ラストジャンパーの西方が、この悪条件下でK点を越えられたなら、競技再開を決めるそうだ〉

天を仰いで絶望する。ありえない話だ。各国の代表選手たちがうまく飛べないから、飛距離が出ないから競技が中断しているのだ。それなのに、「飛距離が出ることを証明してみせろ」と言うのだ。吹雪を貫き、前の見えない真っ白い空を、一二〇メートル以上飛べ、と言うのだ。

「……無茶苦茶だ」

〈……ああ。無茶苦茶だ。だが、それがジュリーの判断なんだ。彼らも揺れてるんだよ。選手たちの安全の確保と、白馬を埋め尽くす観客たちの大歓声との間でな。――ラストジャンパーの西方は、前回リレハンメル大会の銀メダリストだ。その西方が『飛べる』と証明できれば競技は続く。失敗したら、その場で競技は終了だ。金メダルは

オーストリアに決まる〉

「そんな……。西方さんにそんなプレッシャーを……」

神崎コーチが言った。

〈西方には……、伝えていない〉

「何で⁉　なぜですか⁉」

〈伝える必要がないからだ。西方は飛ぶよ。絶対に飛んでみせる〉

もう一度、静かに言った。

〈あいつは……、きっと飛ぶよ〉

2

シャンツェの角度は完全に垂直に見えた。吹き付ける雪で視界はゼロ。ただ真っ白い、底の見えない崖に向かって飛び降りる感じだ。十歳の時はじめて飛んだあの日と同じように、頭の中が凍りついて足がガクガク震えそうになる。いままで何度も、何百回も、何千回も飛んできた。だけどこれは未知だ。この未知を乗り越えないと、おれたちの求める世界は拓《ひら》けない。

雪の粒が頬を打つ。風が行くなとおれを引き留める。

でも行くのだ。

二十四人のテストジャンパー。二十四人が、新しい世界のためにおれに襷をつないでくれた。

そしておれは二十五人目として、これからその襷を、原田たち、二十六人目のジャンパーにつなぐのだ。

これはオリンピック。

これが団体戦だ。

吹き付ける雪の中で、南川は直立不動でシャンツェを見上げていた。

口の中で呟いた。

「西方さんなら、きっと大丈夫……」

高橋が南川を覗き込み、「なんて?」と言った。

南川は答える。

「『飛べる』って言ったんだ」

賀子は顔を火照らせる。頬に雪が落ちてくる。みんなの心が一本になってつながっている。確信できた。これがオリンピック。これがオリンピックの団体戦。わたしはいま、確実にそれに参加している。

不思議と安堵《あんど》していた。自然と大丈夫って思える。

「師匠。お願い。飛んでください」


原田は祈る。

ありったけの願いを込めて、五輪輝くスタートタワーのガラスに、顔をべったり張りつけながら祈っていた。

声に出した。背後に岡部と斎藤と船木がいる。みんなの目が西方を見ている。

「飛べ。西方……！」


西方はスターティングバーから前に出た。加速する。景色が凝縮されて、目の中はただ一本の道になる。このシャンツェは未来へとつながる道。

みんなといっしょに飛んでいる気がした。そこに、ここに、自分の中にみんなを感じる。幸枝が笑っている。慎護が飛びついて来た。南川と高橋が肩を組んで体を揺らしながらおれをからかう。岡部と葛西が「西方さん」とおれを呼んだ。小林もいる。信じる目でおれを見ている。神崎コーチがフンと鼻を鳴らす。斎藤と船木が祈ってい
る。そしてあいつが笑っている。ゆるゆるの顔でおれを見ながら、おれの中であいつが言った。

「頼むよ。西方」

ああ。

カンテが近づく。

ここが、おれがおれ自身でいられる場所。

雪雲を突き破って、さらにその先の空へ向かって、

おれは飛ぶのだ。

大観衆に混ざって幸枝は見ていた。西方仁也のジャンプを。

慎護の手をギュッと握りしめた。慎護がジャンプ台を見て、「大ジャーンプ！」と
うれしそうに言った。幸枝は祈る。

「行け。飛べるよ」

仁也くんだから。

「わたしも飛ぶ」

いっしょだから。

「飛んで」

聞こえる。みんなの想いがここまで届く。西方はカンテを蹴った。

飛ぶさ。

西方は飛んだ。高く、速く、誇り高く飛んだ。

空が終わらない。どこまでも行ける。

この空は世界。

この世界に、おれたちは生きてる。

着地の瞬間、心が解き放たれた気がした。

気持ちいい。

歓声なんていらない。誰にも見られていなくたっていい。

おれたちは飛んだ。それだけでいい。

誇り高く飛んだんだ。

3

「テストジャンパー二十五人のジャンプを終えて、ジュリー会議の結論が出た」

室谷本部長が言った。

『テストジャンプ中』となっていた電光掲示板の表示が切り替わる。西方たち二十五人のテストジャンパーは首を上げてそれを見た。

『競技再開』

ワッと歓声が上がった。こみ上げてくる。南川が西方の背中をバンと叩いた。高橋が抱きついてくる。賀子が口を両手で覆っていた。電光掲示板の『競技再開』に気づいた観客たちが、「おおお」と一斉に声を上げた。三万五千の大観衆が波になって揺れている。寒いのに熱い。歓喜の渦が白馬ジャンプ競技場を飲み込んでいる。日本はまだ、飛べるのだ。

アナウンスが流れた。

〈間もなく競技を再開いたします〉

スタートタワーを見上げた。あそこに原田たち、日本代表のメンバーがいる。

襷はいま、彼らに渡った。

代表選手八名に、テストジャンパー二十五名。三十三人の選手。

あいつらとおれたちで、金メダルを獲るのだ。

＊

〈奇《く》しくも四年前のリレハンメルと同じ状況となりました。日本の金メダルはまたしてもこの男に託されました。原田雅彦の二回目です！〉

ジャンプ台下のミックスゾーンで葛西を見かけた。西方は葛西に近づいてポンと肩を叩く。

葛西が振り返った。「西方さん……」

「よう。なんだ。帰ってなかったのか」

葛西がジャンプ台に向き直った。ボソリと言う。

「バカですよね。あの人」

葛西が、スターティングバーの上で点になっている原田を指差した。眩しそうに目を細めている。

「あの人……。おれにグローブ借りにきたんですよ」

西方は笑う。

「やっぱりな。おれのところにも来たよ。アンダーシャツ貸せってさ」

「いっしょに飛ぶって意味ですかね」

「だろうな。あいつらしい」

根負けしたみたいに葛西が笑った。張りつめていた肩の力が抜けている。

「——ですよね。やっぱりバカだ、あの人」

実況が聞こえてきた。

〈原田、挽回できるか⁉　今度こそ、金メダルに向かってスタートです！〉

心の底から声を出せた。これはおれの本心。心からの願い。

隣で葛西も声を重ねた。

「原田……！　飛べ……！　飛んでみせろ！」

〈今度は高いぞ、高い！　高い！　高い！　高くて高くて高くて――！〉

原田は飛んだ。どこまでも高く、どこまでも遠くまで飛んだ。誰にも追いつかれない大記録を叩き出して、日本中を歓喜の渦に巻き込んだ。

〈行ったーっ！　大ジャンプだ原田！　すごいジャンプを見せました！　原田、ここ一番ですごいジャンプです！　一三七メートル⁉　一三七メートルですか⁉　原田、金メダルの大ジャンプだ！〉

三万五千の観客たちが雪を溶かす勢いで沸騰していた。ブブゼラの響きで耳が割れそうだ。

実況の叫びがかすかに耳に届いた。

〈原田やりました！　原田がやってくれた！　金メダルへ、大きすぎる一歩を刻みつけてくれた！〉

ブレーキングトラックで原田が顔を覆っていた。いつかリレハンメルで見た光景みたいに、原田が顔を覆って嗚咽《おえつ》していた。だけどしゃがみ込まない。堂々と立っている。原田の嗚咽交じりの声が聞こえた。二十五人をつないだおれたちみたいに、原田もまた、次を見据えていた。

「あぁ……。ふなきぃい……！　ふなきぃ」

みんな同じなんだ。

日本の四人目。第四グループのラストジャンパー、船木は飛んだ。

たぶん、史上最も美しい飛翔で、白馬の空を高く舞った。

着地の瞬間、白馬が揺れた。すべての人の心が一つになった。それは歓喜。

〈船木、決めたぁ！　金メダルです！　日本、悲願の金メダルを獲得しました！〉

＊

インタビュアーを前に、原田が恥ずかしげもなく泣いていた。何も恥じることがないからだ。

「やったあ……。やったぁー……！」

岡部、斎藤、原田、船木が並んでいる。

「辛かったよぉ……。もう、また、迷惑かけるんじゃないかって思って……。辛かったぁ」

インタビュアーが原田にマイクを向けた。

〈原田さん、リーダーとして、日本チームをよくここまで引っ張ってらっしゃいましたね〉

原田の顔がぐしゃぐしゃに崩れている。声にならない。

「おれじゃないよ……。みんななんだよ。みんなぁ……」

この瞬間、白馬の三万五千の心が、いや、日本中の心が一つになっていた。

「やったあああ！　やったああー！」

原田の叫びは、みんなの叫びだ。

＊

「にちかたー」

慎護が西方の胸に飛び込んできた。ほっぺたに日の丸がペイントされている。

幸枝が後ろで笑っていた。西方に言う。

「おつかれ」

「おう」

本当に疲れた。だけど疲れは一瞬で吹っ飛んだ。これが金メダルの喜び。心から誇らしいという想い。やっと知れた。

慎護のほっぺたに触れてみた。幸枝がクスクス笑っている。

「これ、幸枝がやってくれたの？」

「うん、そう。リレハンメルの時、思い出して」

「そうかぁ。慎護も応援してくれたんだな。金メダル」

慎護が笑った。小さな腕を伸ばして西方の首に何かをかける。

「？」

西方の胸にペラペラの金メダルが揺れていた。安っぽい金色の紙の表面に大切なものが映っている。慎護の顔、幸枝の顔。そしてその向こうに、代表選手たちと肩を組むテストジャンパーたちの姿が。

「パパー。チンメタル」

慎護が笑っている。西方は慎護を抱き寄せた。

頬を重ねながら思う。

これが金メダル。

なんて貴い。

本書のプロフィール

本書は、二〇二一年五月公開の映画「ヒノマルソウル ～舞台裏の英雄たち～」の脚本をもとに著者が書き下ろしたオリジナルノベライズ作品です。

小学館文庫

ヒノマルソウル
～舞台裏《ぶたいうら》の英雄《えいゆう》たち～

著者　涌井《わくい》 学《まなぶ》
脚本　杉原憲明《すぎはらのりあき》
　　　鈴木謙一《すずきけんいち》

二〇二一年二月十日　初版第一刷発行

発行人　飯田昌宏
発行所　株式会社 小学館
〒一〇一-八〇〇一
東京都千代田区一ツ橋二-三-一
電話　編集〇三-三二三〇-五六一七
　　　販売〇三-五二八一-三五五五
印刷所――中央精版印刷株式会社

ISBN978-4-09-406768-2